한 마리 학처럼

한 마리 학처럼

박순자 수필

개미

가끔 고향의 푸른 하늘을 보며 미래를 생각했고 바람이 불어 소나무 숲이 흔들릴 때는 그 흔들림 속에서 희망을 찾고자 했다.

어느덧 태어나서 여든육. 그동안 삶은 행복했던가.

너무나 짧았던 한평생이 아쉬움으로 남고 이제 얼마 남지 않은 마지막 생을 어떻게 보내야 할까 고민해야 할 때가 된 것 같다.

이번 수필집은 처음이자 마지막 책이 될 것 같아 아쉬움이 크다. 지금까지 걸어온 길을 뒤돌아보며 나름 많은 것들을 후회없이 써보려고 했지만 나의 성정이 개으른 탓에 그렇지 못했다.

고통스럽게 살아온 가족사가 주류를 이룬다. 그리고 소소한 사건에 부딪치면서 보고, 느낀 것들과 젊은 날에 써 놓았던 녹슬어가는 원고들을 여기저기에서 주워모았다. 그러다 보니 작지만 그림을 넣어 한 권의 책으로 묶을 수 있었다.

나름대로 의식의 흐름을 놓치지 않으려고 버둥대며 현실을 환기시키려고 노력했다. 하지만 나의 잠재의식 속 환영들이 춤을 추듯 고개를 내밀었지만 그것을 작품으로 형상화시키기엔 턱없이 부족했다. 다만 내 영혼이 중천을 헤매며 휘돌아다닌다는 것에 공감할 뿐이었다.

내면세계에 충실하게 귀를 기울이려고 노력했지만 형상만 좇아가며 그 언저리만 맴돌 뿐 많은 것을 담아내지 못했다.

"화무십일홍, 달도 차면 기운다."

이 말을 가슴속 깊이 새기며 살아온 삶을 후회하지 않겠다. 아무쪼록 이 책을 읽어주는 모든 분들이 항상 건강하고 행복이 충만하기를 빌어본다. 그리고 그림을 그려주신 정화숙 선생님과 개미출판 최대순 시인께 감사드린다.

2024. 새해
박순자

차례

우리 사는 동안

저녁이 있는 삶을 위하여

우리 사는 동안

첫 번째

박하사탕

냉장고 속에는 싫다며 구박했던 박하사탕이 제일 많이 남아 있다.
나는 그것을 하나 꺼내 입 속에 넣어 본다. 엄마는 이미 이 세상을
하직하셨지만 박하사탕만큼이나 시원하고 달콤한 일면을 가지신
엄마의 성품을 조용히 떠올리며 입 안에서 녹아내리는 박하사탕
이 그리움으로 변해 나를 오래오래 묶어둔다.

박하사탕

시내로 외출 나왔다가 집으로 들어가는 길이다.

내 앞에 초등학생들 한 떼가 엉키듯 떠들며 가고 있다. 계속 내가 가는 방향으로 가고 있는 것으로 보아 아마도 나와 같은 아파트에 살고 있는 아이들인가 보다.

아파트 정문으로 들어가 우편함 속을 확인하려고 주춤하고 있는데 학생들 또한 승강기 앞에서 멈춘 채 여전히 재잘거리고 있다가 나를 보고는 반갑게 인사한다.

엄마로 인해 알게 된 학생들이다.

한 마리 학처럼

엄마는 내가 직장으로 출근하기 위해 아침에 서둘러 집을 나와 모퉁이를 돌면서 뒤돌아보면 그때까지 손을 흔들고 계신다. 하루를 거의 혼자 지내시다가 다시 저녁 퇴근 때 집으로 들어오는 딸을 위해 큰길까지 마중을 나와 계신다. 그러니까 딸의 아침 배웅으로 시작해 다시 저녁 마중이 시작되는 생활로 하루를 마감하시는 것이다.

아파트 정문 입구에는 엄마의 전용의자가 하나 있다. 식사나 화장실 즉 집안에서의 볼일이 아니면 대부분의 시간을 경비실 옆의 그 의자에 앉아 보내신다.

같은 단지 내의 오고 가는 이웃들과도 자연 친하게 지내 나보다도 더 인기와 인지도가 높으시다. 초등학교 저학년 학생들이나 취학 전 아이들이 처음엔 그들의 엄마에 의해 인사를 시작하더니 나중에는 엄마가 옆에 없어도 할머니 안녕하세요? 를 외치며 지나간다.

언젠가 나더러 사탕을 사놓으라는 엄마의 당부를 듣고서야 나는 엄마의 인기있는 이유를 알게 됐다. 아이들이 귀엽고 인사 받는게 즐거우셨던 엄마는 아이들을 집으로 오게 해 사탕들을 나눠주시는 것이다.

나는 행사 때나 혹은 여행지에서 먹을 사탕들을 미리 준비해 가서는 함께 먹고 남은 것을 집으로 갖고 와 냉장고 속에 보관해 두곤 한다. 그걸 엄마가 아시고 아이들에게 인사값으로 몇 개씩 선물하시는 모양이다.

어느 휴일에 내가 집에 있는데 누가 현관 벨을 여러 번 눌러 놀라 나가보니 어린 동생까지 함께 몰려와서는 "할머니 사탕주세요" 하는 것이 아닌가. 마치 채권자가 빚 받으러 온 것마냥 꼭 사탕을 맡겨 놓은 형국이다.

그런데 엄마 역시 빚쟁이가 되신 듯 "그래그래 알았대이, 내 뒤로 온나" 하시더니 즐겁게 냉장고에서 사탕들을 꺼내주신다. 마침 내가 얼마 전에 사뒀던 것을 기억하시고는 듬뿍 주시려하자 아이들은 한술 더 떠 당당하게 이건 싫어요 저것 주세요 하면서 요구가 대단하지 않는가.

가만히 보니 여러 종류 중에서 초콜릿이나 땅콩캔디 등을 용캐도 고급 사탕만 가지려 하고 누룽지맛이나 호박엿 또는 박하사탕 등은 한쪽으로 밀어 놓는다.

한참 요란을 떤 아이들이 떠들며 나간 집안은 다시 조용해 졌어도 엄마는 오랫동안 흐뭇한 표정으로 계신 것을 볼 수 있다. 그런데 그대로 엄마의 기뻐하시는 마음을 지켜야 할 내가 그만 찬물을 끼얹는 말을 내뱉는다. 이빨 썩는다고 집에서는 자식들에게 단것을 안 주는데 밖에서 이런 모습을 알면 어느 부모가 가만히 있겠느냐며 크게 망신당할 일을 왜 하시느냐고 짜증을 내며 한마디 한 것이다.

엄마는 너 말이 맞다며 다음에는 안 줘야겠다고 하시지만 그게 아니다. 이미 그 맛을 알고 있는 아이들은 하교 때 입소문까지 내어 더 많은 동무들을 데리고 와서는 경비실 옆의 의자가 비어 있으면 우리집을 찾아오는 것이다.

그 뒤 엄마와 나는 이런 식으로 사탕을 계속 줄 것인지 끊을 것인지 은근히 걱정이 됐지만 무엇보다 엄마도 마약처럼 그 기쁨을 끊으려 하지 않으시고 아이들 또한 그 단맛에 길들여져 있는 것 같았다.

외롭게 계시다가 얻어진 엄마의 이런 즐거움을 이해 못할 바 아니고 동시에 아이들도 집에서 못 먹게 하는 그 달콤함을 이웃 할머니가 맛보게 해 주시니 그 마음 또한 이해 못할 바 아닌 처지에서 내가 고민이 생긴 것이다.

아이들이 새 동무들까지 보태어 오기 시작하니 이런 식으로 나가다가는 엄마에게 친절하게 인사하던 그 아줌마들이 엄마에게 항의하며 냉대할 것이 시간 문제라 나는 조바심이 나기 시작했다.

한동안 아무것도 모르는 아이들은 계속 오며 그 당당함도 여전했지만 가만히 보니 엄마는 양을 줄여서 주시는 모양이다. 몸에 해롭다는 말과 함께……

그러나 내 걱정은 오래가지 못했다. 아줌마들의 항의가 있어서가 아니고 바로 엄마가 병으로 입원하신 것이다.

냉장고 속에는 싫다며 구박했던 박하사탕이 제일 많이 남아 있다. 나는 그것을 하나 꺼내 입 속에 넣어 본다. 엄마는 이미 이 세상을 하직하셨지만 박하사탕만큼이나 시원하고 달콤한 일면을 가지신 엄마의 성품을 조용히 떠올리며 입 안에서 녹아내리는 박하사탕이 그리움으로 변해 나를 오래오래 묶어둔다.

오늘도 아이들은 여전히 떠들며 승강기 속으로 빨려 들어가고, 나는 우편함에서 꺼낸 편지들을 안고 내 집으로 빨려 들어간다.

한 마리 학처럼

우리 사는 동안
두 번째

세상에 이런 일이!

내가 공원에서 일어난 일을 얘기하면 내 얼굴을 바라본다. 알아듣고 있다고 느낀 나는 자꾸 말한다. 다음에 함께 공원으로 산보 가자고도 한다. "예~"하고 들려 나는 또 말한다. 내가 갖고 온 동화책도 소리 내어 읽어준다. 잠자고 있는 원우의 머릿속을 깨우기 위해서다. 그래서 여러 얘기를 자꾸자꾸 말한다.

세상에 이런 일이!

순자야⋯⋯ 시원하게 맥주 한 컵씩 마시자. 속이 답답하다. 우리는 마주 앉아 거품이 넘치도록 맥주를 따라 함께 마신다. 언니는 지그시 눈을 감고 일본 노래를 나지막하게 부른다. 피곤해 보여서인지 그 곡은 무척이나 애잔하게 들린다.

"내가 말이다. 내 회갑 때만 해도 참으로 행복했었데이⋯⋯ 남편은 재벌회사 임원이지, 아들 셋과 딸은 제 나름대로 앞가림을 잘하고 착해 효자, 효녀 소리를 듣는데 부러울 것이 뭐 있었겠노⋯⋯ 그중에서도 둘째 원우는 180㎝의 훤칠한 키에

선비형으로 잘생긴 얼굴은 에미인 내가 봐도 반할 만했지. 결혼해서 아들 낳고 참으로 장래가 보장되는, 자랑스러운 아들이었는데 누가 그런 엄청난 사건이 생기리라고 꿈엔들 상상했겠나……"

정말 그랬다. 원우는 Y대학과 대학원을 졸업하고 박사 학위 논문 준비를 한창하고 있을 때였다.

1992년 연말 분위기에 휩싸여 학우들과 술자리를 몇 차례 하는 동안 처음엔 부드럽게 시작됐던 주제가 서로 자기 주장을 펴면서 강도도 높아진 것이다. 거듭되는 술 횟수만큼이나 격론을 벌이게 돼 원우가 중제를 하던 중 한 친구가 다른 친구에게 던진 술병이 원우의 머리를 강타했다. 그 친구도 머리를 겨냥해 던진 건 아닌데 그때부터 모두의 행복은 불행으로 직행하고 있었다. 외상 하나 없이 쓰러져 있던 원우를 보고 그들은 무서운 상황을 직감 못했다. 늦게야 병원을 찾아 수술했으나 뇌경색으로 이미 식물인간이 되고 말았다.

바로 얼마 전까지만 해도 교수가 되고자 공부에 전념하던 아들이 식물인간으로 평생 남의 도움에 의해서만 살아가야 한다니…… 거짓말 같은 현실을 도저히 믿을 수 없었다.

언니는 그 친구를 용서할 수 없었고 또 그런 자신이 싫어

무척이나 괴로워했다. 그들은 전생에서 무슨 악연으로 지내다 이생에서 지금 친구로 만난 것일까?

큰언니의 권유로 늘 다니던 절을 찾게 된 언니는 제발 업장 소멸하여 원우를 깨어나게 해주십사고 머리를 조아려 수많은 절을 올리며 대자대비하신 부처님께 기도했다.

원우는 지금 미국에 거주하는 내 친한 친구의 조카이다. 그 친구 순이가 한국에 왔을 때 원우 얘기를 해서 나는 그 언니 집을 다니게 된 것이다.

일산의 언니 집 길 건너에 큰 체육공원이 있다. 거의 13년 동안이나 병원 신세를 졌던 환자를 퇴원시키기 위해 마포에서 일부러 공기 좋고, 공원이 있는 이곳에 이사하기로 결정한 것이다. 퇴원 때 입힐 거라며 언니와 나는 백화점에 가서 원우의 운동복과 야구 모자를 샀다. 어느 색깔이 좋을까? 어떤 치수로 살까를 고르는 언니는 마치 원우와 야유회라도 갈 것 같은 표정이다. 아~니 언젠가는 꼭 공원에서 함께 배드민턴을 칠거라고 했다. 다리가 기니까 운동복 하의는 제일 긴 호수로 해야겠다는 언니를 보면서 가슴이 시려온다. 그때부터 모든 것이 완벽하게 환자 위주의 생활이 시작됐다.

나는 그 집에 가면 자주 공원으로 가 운동을 하고 들어오는데 맨 먼저 침대에 누워 있는 원우가 아는 체를 한다. 오직 오체 중 오른쪽 팔만 조금 움직이는데 그 팔을 가슴 위아래로 천천히 흔든다. 반갑다는 뜻이다. 그리고 "이~모"라고 어눌하게 말한다. 지능이 3~4살 정도라니 엄~마~, 예~, 아~니~요 등 몇 개를 힘들게 말한다. 물론 "엄~마"를 제일 잘한다. 나는 가까이 가서 볼에 입맞춤을 한다. 원우 얼굴에서 상큼한 스킨 냄새가 난다. 언니가 간병인을 도와 원우의 머리와 몸을 씻기고는 언니의 고급 화장수를 아낌없이 발라주는 것이다. 정기적으로 머리를 깎아 단정한 모습의 원우는 20살의 귀공자 같다. 아기 피부처럼 티 하나 없는 흰 살결은 여자인 내가 부끄럽다.

내가 공원에서 일어난 일을 얘기하면 내 얼굴을 바라본다. 알아듣고 있다고 느낀 나는 자꾸 말한다. 다음에 함께 공원으로 산보 가자고도 한다. "예~"하고 들려 나는 또 말한다. 내가 갖고 온 동화책도 소리 내어 읽어준다. 잠자고 있는 원우의 머릿속을 깨우기 위해서다. 그래서 여러 얘기를 자꾸자꾸 말한다.

언니는 옆에서 흐뭇하게 미소를 짓고 있다. 그 당시 TV에서는 세계 최초로 난치병 치료를 위한 줄기세포 배양에 성공

한 황우석 교수의 기사가 세계를 놀라게 해 연일 화제가 되면서 우리를 들뜨게 했다. 줄기세포를 이용해 새 세포를 만든 뒤 손상된 세포와 교체하는 치료법이 발달하면 우리 원우도……?

원우야…… 제발 이대로 더 견뎌라 제발…… 바로 정상인이 될 것이라고 생각하듯 원우를 안고 귀엽고 사랑스럽다며 여러 곳에 입맞춤한다. 눈이 휘둥그레진 원우는 엄마를 빤히 쳐다본다.

환자를 제대로 간병하는데 마땅한 사람이 없다. 아주머니가 몇 번 바뀌다보니 원우도 신경이 날카로워져 자주 보채니 언니도 힘들어 한다.

언니가 원우를 위해 병원서 사온 환자식에 계란과 견과류를 갈아 섞은 영양식을 장에서 바로 밖으로 관을 이용한 경관 영양을 주고, 수시로 가래를 뽑아내기 위한 석션을 한다. 또한 소변통을 점검해 바꿔야 하고 다음엔 간식으로 각종 과일을 갈아 만든 즙에다 우유를 섞고는 약과 함께 또 관을 통해 먹인다. 그리고는 온몸을 마사지하듯 움직여 줘야 하니 언니도 기진맥진이다. 팔 운동을 시킬 때는 원우가 오른팔로 슬며시 자신의 움직이지 못하는 왼팔을 끌어올리려고 안간힘을 쓰는 모습에서는 그래도 희망을 걸어보게 한다.

나는 다리를 잘 주물러 주기도 하고 발가락을 하나씩 손으로 튕기면서 잡아당기기도 한다. 아무 반응이 없다. 자극을 주기 위해 슬며시 발가락을 꼬집는다. 역시 반응이 없다가 발바닥을 간지럽히니까 움추린다. 발바닥을 안으로 모으며 꿈틀한다. 아주 미미하지만 또 희망을 걸어본다.

새 간병인이 왔지만 환자를 돌보는데 역시 서툴러 언니가 또 불안해한다.

추위를 잘 타는 환자를 따뜻하게 이불로 덮혀줘야 하는데도 관장을 시킨 후 변을 보게 한다며 두 시간을 원우의 하체를 벗겨놨다. 결국 몸에 열이 나 병원 응급실로 향했다. 폐렴이라며 응급실과 중환자실을 오가는 사이에 면역력이 전혀 없는 환자는 완전히 딴사람이 돼 있었다. 눈은 초점을 잃고 불러도 대답 없는 이름이 되어 미동도 없이 늘어져 있다. 날이 갈수록 스스로 제 기능을 못하는 장기가 인공적으로 몸 밖에 관을 이용한 그 주머니의 수가 늘어가고 있다. 머리 위에는 여러 개의 링거병이 매달려 있고, 코에는 산소호흡기가 끼어 있고, 또한 침대 아래에는 관으로 연결된 배액관이 몇 개가 되어 거기에는 소변이 보이고, 피고름이 보이고 또 야릇한 색깔의 액이 보인다.

원우는 자신의 그 끔찍한 모습만큼이나 고통도 끔찍할 텐데 그것조차 이미 감지할 기능도 상실해 그냥 조각상으로 누워 있다.

언니는 속으로 피울음을 삼키며 안타깝게 지켜볼 뿐 그 외에 달리 할 수 있는 일이 없다. 급기야 원우는 가쁜 숨을 몇 번 크게 몰아쉬더니 엄마의 품에 조용히 고개를 떨구었다.

어쩌면 심성이 고운 원우가 이쯤에서 엄마의 힘부침을 덜어드려야겠다는 효심이 가슴 깊은 곳에 잠재하고 있었는지도 모른다.

원우는 뇌경색증으로 1급 장애인이지만 전혀 복지 혜택을 받지 못했다. 무의식 상태에서도 평생 받을 부모님의 지극한 사랑을 농축해서 15년으로 다 받았음을 원우는 알고 있었을까?

형부는 퇴직해서 자신의 모두를 오직 원우에게 바쳤다. 10년이 넘도록 아들의 곁을 지켰으나 결국 형부도 지병을 이기지 못해 스스로 자식의 손을 먼저 놓아버렸지만……

그러나 엄마는 다르다. 누구라도 그러하듯이 자식인 원우를 지키는데 미흡했던 점을 두고두고 후회하며 되새김질한다.

한 마리 학처럼

이러는 사이 가장 친했던 친구 김 교수는 지금 Y대에서 큰 몫을 하고 있고, 죄인처럼 살았던 가해자인 친구는 이 사건으로 인해 목표를 달성하지 못하고 그냥 Y대에서 처음 자리에 머물고 있고, 피해자가 된 원우는 이 친구에게 원망의 눈길 한 번 못 주고 활짝 필 꽃 열매가 단칼에 잘라져 버린 것이다.

언니는 김 교수를 통해 그동안 원우가 소장했던 책을 S대학 천안캠퍼스로 2대의 트럭에 54상자를 기증했다. 도서관장님은 원서를 비롯, 이조실록 같은 귀중서에 원우가 일일히 정독한 표시까지 해놓은 많은 흔적을 보고 주인의 품격을 느꼈다고 말한다.

원우는 아버지의 복사판임을 익히 알았지만 아들 역시 자신을 꼭 닮은 붕어빵임은 전혀 알지 못한다. 게다가 잘 자라준 미소년임은 더구나 모른다. 이렇게 원우는 피붙이와 친지들에게 사랑을 그리움으로 돌려놓았다.

이렇게 해서 34살에서 49살까지 겨우 집에서 보낸 일 년 반을 포함한 15년을 입으로 밥 한 번 못 먹어본 채 식물인간으로 생을 마감한 것이다.

이렇게 해서 엄마의 가슴 한복판에 자식을 묻었다. 이렇게……

우리 사는 동안
세 번째

연애편지

"니 순자 아이가? 순자야! 이거 얼마 만이고, 내가 연애할 때 순자
니가 내 연애편지 다 써 줬대이. 결혼해서 남편이 살아있을 때 옛
날 연애시절 얘기하믄서 순자 니 얘기도 많이 했대이⋯⋯ 니한테
신세 참 많이 졌는데⋯⋯"
서울 동창들은 금이가 연애한 줄은 다 알았지만 내가 써 준 것은
모른다. "아―니 금이 니도 그랬나? 순자가 연애편지를 대필해줬
다고 어제도 많이 들었는데 우째 우리는 몰랐노?"

연애편지

멥쌀가루와 부침가루 배합이 잘돼서일까 부산의 싱싱한 해산물 때문일까? 쪽파 위에 갖은 해물을 올린 후 반죽을 한 국자 더 넣어 서로 엉기도록 고루 편 다음, 달걀을 풀어 붓고는 마지막에 붉은 고추를 썰어 몇 개를 꽃처럼 장식한 동래파전의 맛은 아주 일품이었다. 색깔부터 군침돌게 하면서 쫄깃쫄깃하게 씹히는 해산물의 독특함과 구수함에다 부드러움을 더해 나는 그 두툼한 동래파전을 먹기에 정신이 없다. 파전은 수없이 먹어봤지만 이곳 본바닥 동래에서 동래파전은 처음이

한 마리 학처럼

다.

　몇 시간 전 서울의 여고 동창 10명이 부산에 도착해서 부산 련이의 저녁 초대를 받은 것이다. 모두들 엊그제 만난 것처럼 얘기가 익숙한데 나는 눈인사만 했을 뿐이다. 잘 모르겠다. 내일 전체 모임에 시간이 안돼 오늘 따로 잡았다는 련이의 정성에 그저 고맙고 미안 미안!

　이튿날, 칠암의 한 횟집에 도착하니 집행부 몇 친구가 미리 와 우리 일행을 반갑게 맞으며 안쪽 자리로 안내한다. 연이어 속속 들어오는 부산 동창들은 두 손을 벌리며 자야! 순아! 옥아를 불러싸며 반기는데 영락없이 그때 그 시절 여고생들이다.

　제일 구석에 앉은 나는 그들을 잘 알 수 없고 그들 역시 나를 슬쩍 일별하고는 익은 얼굴만 찾아 반긴다. 드디어 내 옆 친구에게까지 찾아오는데 할 수 없이 나는 그들을 편하게 해주고자 문쪽 입구 자리로 옮겼다.

　늙었네, 그대로네, 살쪘네, 말랐네 투박한 사투리와 웃음소리는 큰 방을 거쳐 밖으로 밖으로……

　음식이 하나씩 상에 채워지자 들뜬 기분이 조금씩 가라앉는다. 나는 잘못 초대받은 이방인이 되어 머쓱해진 기분으로 오직 먹는 일밖에 할 일이 없는 듯 젓가락질만 해댄다.

　가만히 셈해보니 동래여고를 졸업한 지 53년 만의 만남이다. 애띤 단발머리에 교복을 입고 참새떼마냥 재잘거리기만 했던 10대의 여고생에서 70대의 백발의 할매로 반백 년이 훌쩍 넘어선 것이다.

　이번 여행이 이루어진 것은 순전히 서울의 애야 덕분이다. 그 친구의 사위가 회원으로 있는 부산의 C호텔에 묵게 해준 것이다.

　부산이나 서울이나 서로 왕래가 잦은 친구들은 우정이 줄곧 이어졌지만 나는 오랜 직장생활과 직계 가족이 없어서인지 부산의 몇 친구만 겨우 연결될 뿐인데 그나마도 아픈지 보이지 않는다. 하기사 서울 동창 중에도 몸이 아파 불참한 정이, 순이도 있으니……

　40명 가까이 먹으면서도 여전히 쑥덕거리니 시끄럽긴 매한가지이다. 내 앞에서 계속 음식을 독촉하며 확인하던 련이도 참 친했었는데 한참 후에야 서로 입을 열게 됐다.

　멀리서 한 친구가 나를 유심히 보더니 다가온다.

　"니 순자 아이가 맞제? 맞네!" 어리버리해 있는 나를 반긴다.

　　　　　　　　　　　　　한 마리 학처럼

"니가 내 연애편지 많이 써 줬대이. 자꾸 보니까 피색이 조금 나오네. 반갑대이 니 신세 많이 졌다 아이가."

지금껏 우스꽝스런 방관자의 위치에서 주인공이 된 듯 몇 명의 친구가 오면서 나도 그랬다며 같은 말을 한다. 머쓱해진 나는 발갛게 달아오른 얼굴로 그들에게 미소로만 답할 뿐이다. 얼굴 따로, 이름 따로 아—니 정확히는 이름도 몰라, 성도 몰라이다. 그러나 여러 친구가 나를 알아보고 고마워하니 지금까지의 꾸어다 놓은 보릿자루는 차츰 그 존재 이유를 보이기 시작하게 됐다. 그 옛날 숨겨진 연애편지 사건을 자진 까발리며 진정 고마움을 나타내는 친구가 많았고 그게 아닌 친구들은 그런 일이 있었냐며 놀랜다.

그랬다. 학생시절에 그 무엇보다 연애편지란 말만 들어도 극비사항임은 말할 것도 없다.

대체로 여고생들의 글씨는 오종종한데 비해 내 글씨는 큼지막하고 시원시원하단다. 해서인지 처음엔 속지를 넣은 예쁜 통투에 겉봉만 부탁하던 친구도 야금야금 내용물을 보여주며 대필을, 그 다음엔 내용까지 수정해 달라기도 했다.

강산을 몇 번이나 바뀌게 한 53년의 깊은 골이 20세의 약관, 이립, 불혹, 지명, 이순을 거쳐 이제 고희도 지났다. 70세의 종심은 맘 내키는 대로 해도 법에 어긋나지 않는다던가 이제 부끄럼도, 그럴 필요도 없어진 지금은 서글픔만 남아 있다.

나는 나갈 때 그사이 어색하고 초라했던 내 몰골에 봉창하듯 카메라를 들고서 "모두 다 립스틱 짙게 바르고 나온나" 앞장 서 밖에 나왔다. 마치 수학여행 중이라도 되는 듯 찰칵!

"그냥 헤어질 수는 없다. 모두 다 고 고!"

해운대의 한 단란주점에 몇십 명이 들어가 진을 쳤다. 몇 명의 조용한 동창들은 아예 화면에서 먼 자리에 앉고 끼 많은 동창들은 노래책을 폈으나 잘 안 보인다며 돋보기를 찾느라 부산하다.

음치인 나는 이때다 싶어 앞자리에 앉아 노래책을 익숙하게 넘기면서 종이에다 신청곡의 번호를 매기는 작업을 시작했다.

그들은 내 이름을 불러싸며 신청곡을 줄줄이 엮어낸다.

내 눈이 백내장에다 난시와 근시로 고생하지만 가까이는 안경이 필요없다 해서 어쩌다 노래방을 찾을 땐 이렇게 가슴 저린 실력 발휘를 하게 되는 것이다.

어둡고 화려한 색조명 아래에서도 DJ 역할을 착착 해내고 있으니 나홀로 웃음이 절로 나온다. 서울, 부산, 대구 찍

　　　　　　　　　　　　한 마리 학처럼

고…… 다 함께 차 차 차!

시공을 초월해 달린 타임머신은 가속도가 붙어 새록새록 느껴지는 우정이 갓 구어낸 빵처럼 부드럽게 촉촉하게 우리 모두를 감싸고 있다. 한창 물오른 생선처럼 독창으로, 합창으로 서로 하나 된 뜨거운 용광로가 금방 53년을 녹여내고 있다.

서울의 희야가 금일봉을 희사하니 이보다 아름다운 우정이 또 있을까? 멀리 앉아 있던 친구들도 박수를 치며 신나게 호흡을 맞추는데 끝내야 할 시간이라 나는 끝 곡으로 '만남'을 찍었다. 우린 모두 기립한 채로 서로 어깨동무하며 "우리의 만남은 우연이 아니야……" 이어서 교가로 마무리 짓고 밖으로 나왔다.

해운대의 찝찌레한 바닷바람이 우리를 식혀준다.

셋째 날, 점심때 칠암의 모임에 참석 못한 금이가 해운대의 한 한식집으로 우리를 불렀다. 우리가 앞서 도착해 방에서 기다리는데 헐레벌떡 들어온다. 중앙의 비워 놓은 자리에 앉으며 큰 죄라도 지은 양 미안해한다. 어떤 식으로 우리를 기쁘게 영접할까를 궁리하다 일찍 와 입구에서부터 서울 동창들이 들어서는 쪽쪽 얼싸안으며 맞아야지 마음먹었단다. 그런데 그녀의 환영 이벤트가 틀어지고 보니 민망하고 아쉬운 감정으로 눈물까지 글썽이고 있다.

서로 근황을 물어보다 드디어 그녀의 시선이 나에게 꽂혔다.

"니 순자 아이가? 순자야! 이거 얼마 만이고, 내가 연애할 때 순자 니가 내 연애편지 다 써 줬대이. 결혼해서 남편이 살아있을 때 옛날 연애시절 얘기하믄서 순자 니 얘기도 많이 했대이…… 니한테 신세 참 많이 졌는데……"

서울 동창들은 금이가 연애한 줄은 다 알았지만 내가 써 준 것은 모른다. "아─니 금이 니도 그랬나? 순자가 연애편지를 대필해줬다고 어제도 많이 들었는데 우째 우리는 몰랐노?"

당연하다. 누가 알새라 특히 선생님이 아실까봐 하고 후 가게가 많이 달린 우리집에 와서도 엄마 눈을 피해가며 남의 가게 한구석에서 연애편지를 써 주곤했으니 모를 수밖에, 그러나 이런 식으로 내 입에다 자물통을 달고 보니 어느새 내 성격의 일부가 된 것도 같다.

그 후 오랜 직장생활에서도 누가 믿거라 하고 나에게 말하면 난 절로 입이 봉해진다. 나중에 사실을 밝혀야 될 사건이 발생해도 때는 이미 늦어버려 불이익을 당한 경험도 몇 번 했

한 마리 학처럼

다.

그런데 참으로 아이로니컬하게도 정작 나는 나를 위한 연애편지는 한 번도 써본 것 같지 않으니……

금이처럼 혼자된 동창, 이미 가버린 동창, 지금 몸이 아파 고생하는 동창도 있지만 자식 농사를 잘 지은 동창들도 꽤 있다.

이제 이곳을 떠날 시간이다. "우리 운제 또 보겠노? 죽기 전에 볼 수 있겠나? 우야튼 모두 건강하재이, 그라믄 서울에는 단디이 가거라. 내사마 섭섭해서 말이 안 나온다" 만나면서 한 사람씩 차례로 얼싸안으며 맞이하려 했던 것이 틀어져 속상했던 금이는 우리랑 헤어질 때는 일일이 손잡고 놓지를 않는다. 그녀의 눈에는 또 이슬이 맺히고 있다. 나는 잘 안다. 그녀가 왜 눈물이 글썽이는지를!

그런데, 그런데 말이다. 그 금이가 지금은 이 세상에 없다.

지병인 간암으로 올 여름 우리곁을 떠난 것이다. 겨우 1년 지났을 뿐인데…… 내 손을 지긋이 잡으며 "순자야! 운제 조용히 만나자"했던 그녀를 떠올리며 그 눈물의 의미를 잘 안다고 했던 내가 얼마나 교만했었는지를 나는 지금 깨달아야 한다.

우리 사는 동안
네 번째

일본 속의 한민족사

일본의 만행이 심해져 아버지는 더욱 독립의 필요를 느껴 거처를 일본 최북단의 홋카이도北海道로 옮겨 그곳 탄광의 조선인 광부들과 조선인 거주민들을 상대로 문맹퇴치와 함께 남몰래 태극기를 제작 배포하셨다. 밤에 커튼을 치고 골방에서 촛불 아래 그리신 직선과 곡선의 태극기는 일본기만 알았던 나의 온몸에 진한 울림을 주었다.

일본 속의 한민족사

날씨가 맑아서인지 배에서 바라보는 바다는 조용하기만 하다.

저 멀리서 작은 물결이 잔주름으로 다가와 살며시 배 밑바닥을 핥고는 사라진다.

부산국제크루즈터미널에서 출항해 내 시야에 흰색 등대가 가까이 왔다가 작아지는 것을 보니 이제 내항을 벗어난 모양이다.

멀고도 가까운 나라 일본! 한·일 고대사에 얽힌 문화교류

한 마리 학처럼

의 실상을 되새김질하며 민족사의 과거를 올바로 조명해보자는 취지 아래 1987년부터 ㅈ일보가 '일본 속의 한민족사 탐방'을 시작한 것이 벌써 26회째에 내가 합류하게 된 것이다.

전용선 '후지마루호'는 2만 3천 톤급에 9층으로 구성되어 있는, 대양을 항해하는 여객선이다.

무엇보다 잘못된 역사를 바로잡기 위해서는 학교 교육이 바로서야 한다는 인식 하에 일선 교사들을 일본에 보내 우리 문화유산을 직접 눈으로 확인하도록 하자는 취지로 역사학자, 교사들 그리고 일반인들로 구성해 이번에도 교사들이 300여 명, 일반인 200여 명, 의료진, 여행사 직원 등 약 600명이 6박 7일의 대탐방단원으로 승선했다.

선내 식사도 ㅈ일보의 진행요원들의 능숙한 지시에 일사불란하게 2교대로 앞서거니 뒤서거니 식당에서 밥을 먹는데 한가운데 식탁에는 상추, 깻잎과 고추가 수북이 차려져 있어 깊은 배려를 엿볼 수 있으며, 외국인 식당 직원들이 연신 채워줘 우리를 즐겁게 해준다.

첫날, 나는 저녁식사 후 선체를 두루 구경하고파 다니는데 안면이 있는 한 교사를 만났다. 마침 같은 전북에서 온 여러 교사들과 인사를 나누기로 했다며 함께 가잔다. 3층 담화실로 가보니 이미 많은 남녀 교사들이 와 있어 처음엔 놀란 듯하다 자리를 만들어 준다.

전국 시도교육청에서 선발된 교사들이라 당당해 보였다.

나는 그들에게 어렵게 선발돼 오신 여러분을 축하하며 ㅈ일보의 취지대로 앞으로 한국을 이끌어갈 새싹들에게 제대로 된 역사관을 심어주길 바란다는 얘기를 했다.

45인승 15대의 버스로 질서있게 닷새 동안 신라 공격에 대비한 방어거점인 다자이후大宰府, 백제와의 연결고리 후나야마船山 고분, 신라 범종이 있는 우사宇佐 신궁, 한반도계가 창건에 결정적 역할을 한 도다이지東大寺, 담징이 그린 것으로 알려진 금당벽화로 유명한 호류지法隆寺 등…… 역사학자 정 교수님, 손 교수님, 서 교수님의 현장 설명과 저녁식사 후의 선내 특강이 이해하는데 많은 도움을 주셨다.

정 시인이 시인 특유의 순수하고 맑은 감성으로 자신의 시를 읊으며 그 배경을 얘기할 땐 가슴이 젖기도 했다. 또한 ㅅ은행의 재테크 강의도 특색있게 들렸다.

'일본을 보면 한국의 고대가 보인다'고 한 외국인의 말처럼 우리 한민족이 고대 일본 열도에 선진 문명과 문화를 전파한 화려한 과거의 역사를 곳곳에서 느낄 수 있었다.

허나 왜 일본은 교과서 파동을 일으키고, 3·1운동을 폭동이라 규정짓고, 일본의 침략을 진출로 표시하는 등 역사를 왜곡했을까? 독도도 일본 땅이라고 주장하는 그들에게 우리 한국인들은 감정만 앞설 뿐 치밀한 자료 준비나 연구는 소홀한 것 같아 안타까울 뿐이다.

해서 일본에 남아있는 선조들의 발자취를 둘러보면서 새로운 한·일 관계를 발전시키는 원동력과 자신감으로 연결시키자는 것이 바로 ㅈ일보가 대표적인 공익사업으로 내세워 20년 넘게 이 행사를 진행하고 있는 점이라 했다.

드디어 마지막 날에 오사카의 상징인 성을 둘러보게 되었다.

임진왜란을 일으켜 한반도를 유린했던 도요토미 히데요시豊臣秀吉가 최고의 권력자가 되자 자신의 거처로 지은 오사카성의 화려한 내부를 보면서 밖으로 나왔다.

오사카大阪! 바로 내가 태어난 곳이다. 오사카 땅을 밟으니 가슴에 찌릿찌릿 전류가 흐른다. 전쟁이 뭔지도 모르고 마냥 뛰어놀기만 했던 서너 살짜리가 이제 칠십 해 만에 주름진 얼굴에 백발이 되어 온 것이다.

아버지가 고향인 부산 동래에서 학생 신분으로 3·1운동에 가담해 미성년자로 2년 집행유예를 받고는 행동의 자유가 없어지자 일본으로 건너가 오사카에서 학업과 생업에 종사하셨다. 어머니와 결혼하고서 다시 오사카 생활이 시작되어 셋째로 내가 태어난 것이다.

일본의 만행이 심해져 아버지는 더욱 독립의 필요를 느껴 거처를 일본 최북단의 홋카이도北海道로 옮겨 그곳 탄광의 조선인 광부들과 조선인 거주민들을 상대로 문맹퇴치와 함께 남몰래 태극기를 제작 배포하셨다. 밤에 커튼을 치고 골방에서 촛불 아래 그리신 직선과 곡선의 태극기는 일본기만 알았던 나의 온몸에 진한 울림을 주었다.

어머니는 나를 가운데로 5남매를 두셨는데 태평양 전쟁의 막바지에 물품과 약품이 고갈된 상태에서 제대로 치료받을 수 없어 너무나 꽃다운 34살의 나이에 이미 다섯에서 셋이나 각각 부산과 북해도에서 잃었다. 몸이 펄펄 끓는 딸아이를 동네 병원에서 퇴짜맞고 도립병원으로 가던 중 어머니의 등에 업힌 8개월 된 아기가 치료 한번 못 받고 점점 식어가 끝내는 힘없이 축 늘어진 것을 아시고는 땀범벅, 눈물범벅이 되신 채 그 자리에서 돌아섰다고 하셨다.

하루에도 수없이 공습경보가 울리면 미리 준비해 둔 미숫

한 마리 학처럼

가루와 물병이 든 배낭을 메고 지하 방공호로 부모님 손에 끌려 들어갔다. 우리는 안전지대(?)로 들어가자는 부모님 손을 뿌리치고 문틈으로 미군 폭격기 B29가 하늘을 덮으며 귀청 때리는 소리로 지나가면 겁에 질린 채 귀를 막으며 쳐다보곤 했었다.

어쩌면 아버지는 물론 1910년, 한일합병된 해에 태어나신 어머니 역시 조국의 불운을 오롯이 함께하신 셈이다.

해방 이듬해에 오빠와 둘이 부모님 따라 북해도에서 시모노세키下關를 거쳐 현해탄을 건너 부산으로 왔다.

금년 2010년! 20세기 이후 우리 민족을 식민지로 만든 가장 치욕적인 사건이 일어난 지 100년, 어머니 역시 태어나신 지 100년이고 90살에 가셨다. 6·25가 60년, 4·19가 50년, 광주항쟁이 30년이다. 이런 사건들도 모두가 그 연장선상에서 일어난 일들이다.

'일본 속의 한민족사 탐방' 내용을 늦게야 알게 된 나는 올해를 놓칠 수 없었다. 칠십 고개를 향하고 있는 나는 여자이지만, 남자들은 뭐하나 자신의 뜻을 펼 짬도 없이 소년기, 청장년기를 암흑으로 보낸 노년기에 든 조국의 험난한 역사의 산증인이지만, 계속된 큰 사건들에 휘둘려 미처 피어보지도 못하고 꺾어진 꽃들이 또 얼마나 많은가?

초·중·고 일선 교사들의 많은 희망자 중에서 선발된 교사들 중에는 젊은 분도 있지만 곧 퇴직할 나이드신 분들도 꽤 보였다.

6·25동란을 남침인지 북침인지도 모른다는 학생들이 많다고 한다. 내가 겪은 지난 일들이 비록 나만의 일이 아니고, 또한 먼 옛날 옛적의 역사가 아닌 바로 지금의 우리들을 키우고 사랑해 주신 할머니, 할아버지가 몸소 겪으신 사건들임을 깨우치자.

세계를 누비며 대한민국을 빛낼 미래의 주인공들에게 올바른 역사관을 심어줄 교사들의 임무가 어찌 막중하지 않으리오!

우리 사는 동안
다섯 번째

올해 여름은 너무나 잔인했다

2012년 여름은 나에게 너무나 잔인했다. 7월, 8월, 연일 계속되는 폭염경보와 열대야에 양팔의 깁스는 차치하고라도 어쩌자고 손가락은 이토록 인정사정없이 바늘이 되어 찔러대는지 기분 나쁜 그 고통은 뭐라 표현할 수가 없다. 손뿐만이 아니라 온몸이 골병이 들어 살짝 건드려도 쓰리고 시려서 슬프고 그래서 외로웠다. 정말이지 2012년 여름은 나에게는 길고도 긴 지옥 그 자체였다.

올해 여름은 너무나 잔인했다

해거름에 동네 공원으로 갔다. 나는 골절상을 당해 깁스한 두 팔목을 가슴에 안고 조심스레 걸어본다.

이게 얼마 만의 공원 나들이인가. 목발에 의지해 한 걸음씩 발을 옮기며 걷는 사람, 몸을 기우뚱거리며 중심을 잡으려 애쓰며 걷는 사람, 전동차에서 내려 공원 운동기구에 매달려 있는 사람 등등…… 목걸이 카드를 걸고 천천히 걷는 어르신들, 그런가 하면 건장한 젊은이들이 그들 사이로 달리는 모습, 가운데 운동장에는 여럿이 축구를 하기도 한다.

한 마리 학처럼

그렇다, 이 크지 않은 공원을 중심으로 주위에는 참 많이도 서로 다른 환경의 삶이 병풍처럼 펼쳐져 있다.

공원 왼쪽에는 초등학교와 중학교가 있고, 그 너머에는 고등학교가 있다. 초등학교 뒤에는 기초생활 수급자와 1급 장애인 영구임대아파트가 있고 오른쪽엔 65세 이상의 어르신이 거주하는 시니어스 타워가 있는가 하면 내가 사는 아파트 바로 코앞에는 백화점이 있어 늦도록 별세상처럼 화려하다.

나는 한때 몇 년 동안을 거의 매일 이 공원에서 걷기 운동을 했었다. 양팔을 90도 각도로 앞뒤로 흔들며 눈은 15미터 앞을 보면서 또박또박 걷는다. 낯익은 동네 아줌마들이 흔들거리며 걷다가 내 모습을 보게 되면, 자세를 고치면서 찡긋 윙크하며 지나간다. 이어폰을 귀에 꽂은 채 힘차게 걷는 아가씨들도 틈틈이 보인다.

봄날 이른 아침에도 걷고, 비가 오는 여름철에는 우산을 받고서 볼우물처럼 파인 도로를 피해 가며 걷고, 깊은 가을 저녁에도 그렇게 걸었다. 눈이 오는 날엔 눈 밟히는 내 발짝 소리에 귀 기울이며 움츠리기 싫어 활갯짓까지 해대며 참 열심히도 걸었다.

낮에는 담장 너머 초등학교 아이들이 운동하다가 때로는

공원으로 공이 넘어올 때가 있다. 내가 그 넘어온 공을 되받아 보내면 우르르 몰려와서는 소리도 우렁차게, "고맙습니다"를 합창하던 참새떼들 뒤에서 나는 잠시 아련한 눈길을 보내기도 한다.

그런데 언제부터인가 내 게으름이 발동했다. 지하철 5호선으로 시작된 내 외출이, 짧은 구간은 환승하지 않고 그냥 걸어 다니게 되었다. 문득 이런 경우 다시 공원에서 걷지 않아도 되겠다는 꾀가 생겼다. 나는 점점 공원에 가지 않게 되었고 심지어는 걷지 않은 날도 공원에는 가지 않았다.

여러 모습의 중증 장애인들이 나름대로의 홀로서기로 공원의 갖가지 운동기구를 이용하다가 몇 분이 나를 보고서 아는 체를 한다. 그렇게 건강하게 다니던 분이 웬일이냐며 각각 치료법을 일러주는데 병원에서 권유한 내용과 비슷해 거의 전문가 수준이다. 분명한 것은 그들은 이미 오래전부터 굳은 몸으로 살아서인지 너무나 느긋한데 나는 쩔쩔매고 있음이다.

이렇게 다른 곳에서는 동떨어진 세상의 모든 이야기가 이곳에서는 소우주의 품속에 하나 되어 숨 쉬고 있다.

나는 왜 이리도 조심성이 없을까.

그러니까 지난 6월 초, 늦은 시각에 집으로 가다가 발을 헛

한 마리 학처럼

디뎌 기역자로 된 계단 아래로 굴렀다. 피투성이가 된 나는 ㄱ구 ㅂ지구 119 안전센터의 세 분의 구급대원들에 의해 Y병원으로 실려갔다. 깨어났을 때는 뇌진탕으로 머리를 30바늘이나 꿰맨 뒤였다. 거울 속에는 한쪽이 더욱 검붉게 멍든 채 울퉁불퉁 불거진 산발한 괴물이 초점 없이 나를 바라보고 있었다. 이렇게 해서 양팔 골절로 손가락 몇 개만 내놓고 깁스한 나의 병원 생활이 시작되었다. 괴물이 내가 아니라고 생각하면서, 소식 듣고 달려온 친지들이 내 앞에서 눈물을 훔치며 말을 못할 때, 나는 이상하게도 담담했다. 난생 처음으로 간병인 손에 모든 것을 의지하는 호강을 하면서, 사고로 몸을 다쳐서 실려 온 환자들을 많이 보게 되었다. 공장이나 농장 또는 식당 등 일터에서 잘못돼 뼈를 다친 경우나 나처럼 어슬프게 크게 다쳐 실려 온 환자들이 많아 응급실 앞에는 가족들의 불안해하는 모습들이 자주 보인다.

고대 철학자 인상의 원장님, 나의 팔목 골절을 수술해 주신 유난히도 많은 눈가의 주름살과 웃음이 귀까지 달린 완전 '안동 하회탈' 같은 과장님, 또 제일 먼저 정신을 잃은 나의 피범벅이 된 머리카락을 정리하여 정수리를 가운데로 약 10cm 넓이의 타원형을 30바늘 꿰매주신 호남형 이사장님, 세 분이 모두 한결같이 '살아도 평생 장애자일 수도 있는 나쁜 상황'이었다고 말씀하셨다. 분명 내 실수였지만 문병 온 내 친지들도, 또 같은 병실의 환자들조차도 입을 맞춘 듯 천행이라 생각하란다.

삶과 죽음이 종이 한 장 차이가 아니고 바로 한 장 속에 두 운명이 다 있었다. 적지도 않은 이 나이까지 건강해서 주위의 부러움을 받을 때 나는 당연하게 생각하면서 오만했던 것일까. 몸에 상처가 나고서야 자신의 오만을 조절할 수 있는 것일까. 사실 모든 게 다 그렇겠지만 건강도 지나간 후에야 알게 되나 보다. 양 팔목에 약 8cm 길이의 철심을 세 개씩 박은 채 20여 일 만에 퇴원을 했다. 집안으로 들어가기 위해서 제일 먼저 현관문고리를 돌리자 손은 돌아가지 않고 몸이 돌아간다.

2012년 여름은 나에게 너무나 잔인했다. 7월, 8월, 연일 계속되는 폭염경보와 열대야에 양팔의 깁스는 차치하고라도 어쩌자고 손가락은 이토록 인정사정없이 바늘이 되어 찔러대는지 기분 나쁜 그 고통은 뭐라 표현할 수가 없다. 손뿐만이 아니라 온몸이 골병이 들어 살짝 건드려도 쓰리고 시려서 슬프고 그래서 외로웠다. 정말이지 2012년 여름은 나에게는 길고도 긴 지옥 그 자체였다.

8주 만에 깁스를 풀고 철심을 뽑았으나 하회탈 과장님은, 굳으면 병신이 될 수 있으니 열심히 손가락 운동을 해야 한다는데, 아기처럼 잼잼하며 손가락을 폈다 오무렸다 하는 연습을 해도 계란 하나도 집을 수가 없다. 깁스를 풀었으니 겉으로는 멀쩡한데 오른손은 반병신이고 왼손은 저린 손에 붓기까지 한 온병신이다.

우울증이 오면서 나는 외부 열기와 싸우고 손가락의 찌릿찌릿 근질근질 후끈거림에 원초적인 바보가 되어 시간을 죽일 뿐이었다. 이상하게도 추위와 더위를 잘 견뎠던 내가 사고 후에는 덥다고 느끼는 순간 얼굴에서 물이 줄줄 흐르고 춥다고 느끼는 순간 역시 온몸에 소름이 돋는다.

공원에서 여전히 양팔을 가슴에 품고 어정쩡한 걸음으로 걸으면서 내 눈에 보이는 중증 장애인 모두가 어쩌면 내가 그렇게 되었을 지도 모른다는 생각이 든다. 뇌진탕에 두부열상으로 30바늘이나 꿰매기는 했지만, 열 계단이나 곤두박질쳤는데 뇌출혈까지 있었다면……? 양측요골골절상에 두 다리 골절까지 당했다면……? 안면다발성 피하혈종에 코뼈와 턱뼈까지 부러졌다면……? 더욱이나 내 상상은 처음 나를 병원

으로 이송해주신 3반 1소대 구급대원들이다. 머리 정수리 둘
레에서부터 흘러 내린 피가 얼굴을 지나 웃도리를 적셔 내가
잡고 있던 핸드백까지 피벼락을 맞은 내 흉칙한 몰골이다. 그
세 분의 구급대원들은 아마도 내가 평생 병신, 등신으로 살
것처럼 보이지 않았을까? 이제 그만 생각하자……

동네 ㄷ한의원에서 열심히 침을 놓아주시는 미남 원장님도
안타까워하신다.

철학자 모습의 원장님, 하회탈 과장님, 호남형 이사장님,
또 한의원 미남 원장님은 물론 함께 입원했던 환자들과 내 친
지들이 본 내 형국은 사실 그대로 지금의 내 모습이 천행 중
의 천행 아닌가!

생전에 자식 걱정만으로 사셨던 천상의 부모님께서 못난
이 딸을 보호하신 걸까? 어느새 인생의 대부분이 훌쭉 지나
간 끝자락에서 이제 내가 맞이할 '내일'은 얼마나 될까……
어느 개그처럼 '감사합니다'를 가슴에 새기며 살면 될까 모르
겠다.

통원치료에서 손저림은 좀 더 두고 보자며 다시 손가락 운
동을 강조하신 하회탈 과장님이 위로하듯 "미인이 되셨습니
다"라고 하신다. 이번엔 나도 하회탈이 되어 웃음 가득 "진짜

미인인데요"를 혼잣말로 중얼거리며 저린 양손을 잡고 병원 문을 나서자, 한여름 한낮의 햇살이 나에게로 쏟아졌다.

우리 사는 동안
여섯 번째

조국을 모르는 것보다 더한 수치는 없다

우리 민족사의 가장 참혹한 전쟁! 우리는 우리 스스로를 지킬 힘이 없었기 때문에 겪어야 했던 비극 6·25가 국제 사회와 일치단결하여 공산권의 침략으로부터 자유를 지켜낸 자랑스러운 전쟁이라고 우리는 잊고 살지만 6·25는 아직도 끝나지 않은 미완성 현재진행형 전쟁이다.

조국을 모르는 것보다 더한 수치는 없다

6월 26일, 서울을 벗어난 버스는 상쾌한 아침 공기를 가르며 철원을 향해 막힘없이 달리고 있었다.

나는 지금 중부지역 안보현장 체험교육에 '한국의정연구회'의 일원으로 합류하게 된 것이다.

차창 밖은 마른 장마가 계속되어서인지 눈이 부시게 쾌청하다. 평화롭다. 초여름의 푸른 하늘 아래 진초록으로 물든 산과 들, 그리고 조용한 도시에서 사람들이 각자의 하루를 보내고 있음이 평화롭기만 하다.

1950년, 소련과 중공의 지원을 등에 업은 북한군의 기습남침으로 6·25전쟁이 발발한 지 63년, 1953년 7·27 휴전협정이 조인된 지 꼭 60년이다. 무려 3년 1개월이나 지속되었던 전쟁은 한반도 전체에 큰 상처를 남긴 것은 물론 인명피해도 전사자, 부상자, 실종자, 포로 등을 포함해 국군은 약 62만 명, 북한군은 약 64만 명에 이른다. 일반인들도 전쟁의 불길을 피해갈 수 없었다. 여인들은 남편을, 아이들은 부모를 잃어 천만 명에 달하는 이들이 가족들과 조각나는 애끓는 슬픔을 겪어야만 했다. 전쟁의 폐허 속에서 많은 이들이 먹을 것이 없어 쓰레기를 뒤져 배를 채우다 보니 대한민국이라는 신생 국가는 외국의 원조 없이는 버티기 힘든, 세상에서 '가장 가난한 나라 중의 하나'가 되었다.

　평화로워 보이는 이곳 중부지역 역시 여러 곳의 격전지를 잘 보여주고 있다. 철원 8경의 하나로 국내 최대의 안보교육장인 철의 삼각 전적지 관광사업소가 있는 '고석정'으로부터 시작한 우리 일정은 북한이 남북대화를 하는 시점에서도 파내려온 두 번째로 발견한 기습남침용 지하 땅굴 속을 들어가 보고 나왔다. 이어 민족 분단의 현실을 생생하게 볼 수 있고, 북한 선전 마을을 조망할 수 있는 '평화전망대'는 모노레일

운행 시설을 갖춰 이용이 편리했다.

철원 '노동당사'는 북한이 해방 후부터 6·25전까지 주위 여러 지역을 관장하면서 양민 수탈과 애국인사들의 체포, 고문, 학살 등의 만행을 수없이 자행하였으며, 한 번 이곳에 끌려 들어가면 시체가 되거나 반 송장이 되어 나오리만치 무자비한 살육을 저지른 공산독재로 악명을 떨치던 곳이다. 이 건물 뒤 방공호에서는 많은 인골과 함께 만행에 사용된 수많은 실탄과 철삿줄 등이 발견되었다(근대문화유산 등록 문화재 제22호 지정).

'백마고지'는 국군과 중공군이 이 고지를 차지하기 위해 열흘 동안 무려 스물네 번이나 주인이 바뀔 정도로 치열한 전투를 벌여 심한 포격으로 산등성이가 하얗게 벗겨져 하늘에서 내려다보면 마치 백마가 쓰러져 누운 듯한 형상을 하였다 하여 붙여진 곳이다. 이곳 백마고지 전투에서 희생된 슬픈 영혼들을 진혼하기 위해 건립된 위령비 앞에서 우리는 당신들을 잊지 않았다고 위무하고는 연천으로 향했다.

전장(戰場)의 들판에도 꽃은 피는가. 6·25 격전지 이곳에서도 더없이 넓은 양쪽 들판에는 인삼밭으로 가득 찼고, 얕은 곳엔 예쁜 연백초가 외로워서일까 마치 나 여기 있음을 알리려는 듯 흐드러지게 바람 따라 하늘거리고 있었다.

오후에 안보수련원에 도착한 우리는 숙소 배정에 따라 여장만 풀어놓고 교육장으로 향했다. 안보교육자로 탈북자 서른한 살의 미녀 아가씨 조 양의 강연이 있었다. 2004년 대한민국에 입국한 강사로 서울예술대학 졸업 등 이력도 다채롭다. 남북한의 여러 생활상을 비교 설명하고는 끝으로 "말이 통하는 대한민국, 우리나라에 있다는 사실 하나만으로도 행복하다며 잘살게끔 해 주신 여러분께 감사하다"고 말한다. 사실 조 양의 경우 꿈을 안고 대한민국 품에 안겨 그 꿈이 성취된 지금의 행복하고 당당한 모습을 보게 돼 좋았다. 나는 많은 북한이탈주민들이 조 양처럼 자신의 꿈이 실현된 대한민국이기를 바라본다. 이어 안보영상물을 시청할 때는 더러는 알고 있었지만 더러는 끔찍한 참상을 다시 새로운 시각으로 보게 됐다. 정말이지 정전 60돌을 되새기는 마음이 가볍지는 않다.

'입법부'란 큰 울타리 안에서 직장 동료로 같이 근무하다 퇴직 후 다시 '한국의정연구회원'으로 연결된 우리는 백학면 부녀식당에서 저녁식사와 다과를 대접받게 됐다. 부녀회원들이 계속 부족한 먹거리를 챙겨주시어 서로의 쌓였던 묵은 애기로 연천의 밤은 깊어가고……

　이튿날 27일, 새벽 공기가 박하사탕처럼 상큼하고 달콤하
다. 나는 두 팔을 벌여 활갯짓으로 내 몸 안의 밑바닥에 깔린
찌든 먼지를 털어 내듯 심호흡을 연신 해대며 주위를 돌아다
녔다. 여러 남자 회원들도 이미 밖에 나와 담소하고 있고, 몇
몇은 모퉁이에서 담배 피는 모습이 보인다. 그들은 서울에서
담배 필 때면 입안에 가래침이 고이는데 지금 이곳엔 전혀 느
끼지 못하니 역시 공기맛이 다르다고 말한다.

　1968년 1월 17일 북한군 김신조 외 30명의 무장공비가 침
투한 곳으로 갔다. 안보수련원의 부원장으로 근무하고 있는
관광해설사 최 선생님은 그때의 상황을 재현한 밀랍 모형이
세워진 자리에서 소상하게 설명하신다. 21일 서울로 잠입한
공비들은 대통령 관저 폭파와 요인 암살 및 주요기관 시설을
파괴하고자 했으나 군·경 합동작전으로 모두 소탕되었다.

　승전 OP는 육군 비룡부대의 또 다른 관측소로, 망원경으로
북한을 바라보면 넓은 개활지인 연천평야를 한눈에 내려다볼
수 있다. 여군 정훈장교 이 중위님은 군모가 얼굴보다 커보여
군인 같지 않은 애띤 모습으로 열심히 지휘봉으로 모형지도
를 가리키며 설명하신다. 최 선생님이 연구회 회장님과 이 중

위님을 가운데로 또 국장님, 과장님과 함께한 우리 일행 40명의 사진을 찍어 주시기도 하면서 계속 우리를 안내했다.

문화유적지로 신라의 마지막 왕인 경순왕릉을 돌아봤다. 신라왕 중 경주지역을 벗어나 있는 유일한 능이다. 또한 고려시대의 왕들과 공신들의 위패를 모시고 제사를 받들게 했던 숭의전을 둘러보고 나왔다.

전국 고교생 대상 설문조사에서 응답의 69%가 '6·25를 북침'이라고 했다니 충격이 아닐 수 없다. 올해가 정전 60주년이라고 하나 6·25에 대한 학생들의 역사인식이 이 정도라니 아찔할 뿐이다. 이 행사는 젊은층이 우리 역사에 대해 관심과 애정을 갖도록 하자는 뜻에서 현장학습으로 생생하게 역사를 체험할 수 있게 함이 그 목적이라 하겠다.

우리는 역사를 모르는 나라로 잘려졌던 뿌리, 이제사 역사가 필수과목이 됨으로써 그나마 세상으로부터의 부끄러움을 걷을 수 있게 됐다. 자기 나라 역사도 제대로 모르는 세대에게 우리의 미래를 맡길 수는 없지 않은가?

우리 민족사의 가장 참혹한 전쟁! 우리는 우리 스스로를 지킬 힘이 없었기 때문에 겪어야 했던 비극 6·25가 국제 사회와 일치단결하여 공산권의 침략으로부터 자유를 지켜낸 자랑스러운 전쟁이라고 우리는 잊고 살지만 6·25는 아직도 끝나지 않은 미완성 현재진행형 전쟁이다.

평화는 거저 주어지는 것이 아니라, 힘이 있을 때만 지켜지는 것임을 우리는 기억해야 한다.

부디 지나간 과거를 제대로 알아 이 땅에 다시는 그와 같은 비극이 일어나지 않도록 준비해서, 이 소중한 평화를 계속해서 지킬 수 있기를 간절히 바란다.

아마 오늘도 '카우보이 모자'가 잘 어울리는 최 선생님이 수없는 관광객과 마주하며 현장 설명 후에는 잊지 않고 "자기의 조국을 모르는 것보다 더한 수치는 없다"고 열변을 토하실까?

한 마리 학처럼

우리 사는 동안
일곱 번째

오빠는 나를 믿고 있었을까

주위 친척들은 펄펄뛰며 부산에서도 좋은 대학이 있는데 왜 하필 그 화려한 이화여자대학을 가려느냐고 반대가 극심했다. 그런데 오빠는 작심한 듯 "어디에 있든 어떤 경우에도 자기 하기 나름이라며 나는 동생을 믿는다"고 하며 오빠는 부산에 있는 대학에 갈 테니 동생은 원하는 데로 해주라며 적극 밀어주었다.

오빠는 나를 믿고 있었을까

인간은 어쩌면 흐르는 강과 달라 시간을 거슬러 지난날을 회상할 수 있다는 게 때로는 더욱 나를 성숙하게 만듦을 느낀다. 그것이 비록 슬픈 추억일지라도……

오빠는 폐암 말기로 수술도, 항암치료도 어려워 중환자실에서 산소호흡기에다, 소변줄에다, 폐에 고인 물을 뽑아 내느라 달린 주머니에 또한 영양 주삿줄까지 온몸을 여러 호스로 휘감은 채 죽은 듯이 누워 있다. 게다가 한쪽 자세만 고집해 생긴 욕창으로 더욱 고통이 심했다.

한 마리 학처럼

간호사가 치료하기 위해 몸을 일으킬라치면 보통 일이 아닙니다. 여러 줄이 얼기설기 달려 있어 균형을 제대로 잡기가 힘들다 보니 오빠도 귀찮아 한다. 보조를 맞추려 애쓰는 오빠를 보면서 아무것도 해줄 수 없는 나는 오만 가지 생각이 범벅되어 나를 덮친다. 아마도 오빠 역시 오만 가지 생각에 잠겨 있으리라……

4살 위인 오빠는 부산에서, 나는 일본에서, 중국을 침범한 중일전쟁 직후에 각각 태어났다. 일본은 사회 전체가 전쟁 위주의 생활이라 더욱 혼란스러웠다.

아버지는 고향 부산에서 학생 시절에 3·1독립운동 시위에 가담, 18살의 미성년자로 대구복심법원에서 집행유예로 나오셨다. 그뒤 요주의 인물로 행동의 자유가 없어지자 집안에서 아버지를 일본으로 유학을 보내셨다.

친할머니는 자나 깨나 아들 걱정에 매파를 통해 어머니를 보신 후 며느리로 점찍어 놓고는 아버지에게 장가들라는 성화에 못 이겨 한국으로 와 17살의 어머니와 결혼하고 아들 둘을 낳았지만 둘째 오빠가 태어나기 전 큰오빠는 이미 세상을 떠난 후였다.

아버지는 한국을 떠나고 싶지 않은 어머니를 달래다 결국 혼자 다시 일본으로 가셨다.

몇 해가 지나 "죽어도 박씨집 귀신이 되라"는 외할머니의 성화에 외할아버지가 어머니와 오빠를 앞세우고 일본 오사카로 가게 돼 한집에 모이게 됐다.

나는 셋째로, 태어난 지 얼마 안 되어 계속되는 설사로 피골이 상접해 있었다. 그 무렵 병원에서는 항생제도 없고 아이 또한 면역력이 없으니 미음과 더운 물을 자주 먹이고 배를 따뜻이 하라는 처방만 받았을 뿐이다. 어머니는 열심히 죽을 떠먹이고 밤에는 정화수를 떠 놓고 "제발 살려 달라"고 비셨단다. 그래도 여전히 몸을 못 추리니 주위에서는 가망없겠다며 다다미방 한쪽 구석에 밀어두자는 얘기까지 들었단다. 오빠는 말없이 엄마를 도와 뜨거운 복대로 이곳저곳 돌려가며 지극정성으로 내 배를 따뜻이 해주곤 했더니 조금씩 좋아지더라는 것이었다. 그 이야기는 먼훗날 부산에서 나를 본 친척이 알려줘 몹시 부끄러워했던 기억이 난다. 사실 힘들었던 그때 상황에서의 내 꼴은 그런 얘기를 들을 만했었다고 가족들은 말했다.

1941년 태평양 전쟁으로 더욱 생활이 힘들 때 아버지는 북해도 탄광의 조선인 광부들의 비참한 생활상을 알게 되어 대

한 마리 학처럼

판에서 최북단의 북해도로 거처를 옮겼다. 아버지는 늦은 밤에 조용히 라디오로 돌아가는 정세를 파악하시면서 조선인 광부들과 조선인 거주민들에게 문맹퇴치 운동을 벌이는 한편, 태극기를 만들면 오빠와 나는 남몰래 조선인 거주민들에게 갖다 주곤 했다.

나는 단순한 곡선뿐인 일본기만 보아왔다가 곡선과 직선으로 된 태극기를 보곤 묘한 울림을 받았다.

패전 일로에 있는 일본의 정세가 갈수록 포악해지고 있을 때 미군 폭격기 B29가 매일 몇 차례씩 하늘을 새까맣게 덮으며 귀청 때리는 소리로 굉음을 질러대 우리는 공습경보가 울리면 그때마다 지하 방공호로 자주 몸을 숨기곤 했었다. 부모님은 어린 우리에게 안전을 위해 더 깊이 들어가라는 말에도 아랑곳하지 않고 방공호 문틈으로 날아가는 B29를 신기하게 바라보곤 했었다.

홋카이도의 겨울은 특이했다. 사계절이 있지만 특히 봄, 가을보다 여름과 겨울이 길고 더욱 멋스러웠다. 물론 눈보라도 치지만 겨울이 길 때는 거의 6개월이 바람없이 조용히 눈만 내려 온 세상이 눈으로 덮혔다.

우리는 지하 창고에서 빗자루와 삽을 들고 현관문 앞에서

부터 길을 만들기 시작했다. 하얗게 쌓인 눈을 오빠가 삽으로 앞과 양옆으로 퍼 던지고 두드리며 나아가면 나는 뒤따라 빗자루로 쓸고 나갔다. 언덕 위의 우리집에서 큰 길까지 나가 다시 되돌아 길을 더 넓히고 다지면서 집에 오면 되었다.

하늘은 바람 한 점 없이 맑고 깨끗해 눈이 소복히 내려도 춥지 않고 아늑했다. 길이 터져 한결 나들이가 쉬워지면 오빠와 함께 언덕으로 올라가 온몸이 흠뻑 땀에 젖도록 썰매를 타곤 했다. 오빠는 10살이 지났으니 스키도 잘 탔다.

전쟁이 무섭고 불안했지만 호기심이 많았던 우리에게 북해도의 사계절 특히 겨울은 두고두고 다양한 추억을 안겨주었다.

그 무렵 막내 여동생을 가진 어머니는 너무 힘들어 할 수 없이 내 밑의 남동생을 부산 친정집으로 보내게 되었다. 그러나 1943년 태어난 막내 여동생도 생후 8개월 됐을 때 몸이 가마솥처럼 펄펄 끓어 어머니는 딸아이를 등에 업고 동네 병원을 찾았으나 퇴짜맞고 큰 도립병원으로 향했다. 그러나 길 위에서 동생은 어머니 등에 업힌 채 기운을 잃고 팔 다리가 축 늘어져 불 같은 체온이 점점 싸늘해짐을 느끼신 어머니는 그대로 발길을 돌리셨다. 집으로 되돌아 왔을 때의 땀범벅 눈

한 마리 학처럼

물범벅되신 어머니의 모습을 지금까지 잊을 수가 없다. 그렇게 해서 한일합방된 해에 태어나신 어머니는 너무나도 꽃다운 34살의 나이에 벌써 나를 가운데로 5남매를 두셨다가 치료 한 번 제대로 못 받고 무려 셋이나 잃고 오빠와 나만 남게 되었다. 그래서인지 오빠는 더욱 나를 보호하게 되었고 나 또한 졸졸 따라 다녔다.

드디어 1945년 일본이 폐망하고 우리는 해방이 되었다.

새 터전이 될 우리나라에서의 생활도 불투명해 정세를 관망하시던 아버지와는 달리 어머니의 성화에 못 이겨 다음 해 일본에서의 모든 것을 버리고 오직 자식 둘만 하나씩 끼고 하관(시모노세키)에서 연락선을 타고 현해탄을 건너 부산항에 닿았다. 그러나 현해탄의 거센 물결도 우리의 불행을 삼켜주지는 못했나 보다.

일본은 우리나라의 고유문화를 말살, 경제적 지배의 철저화로 우리 민족이 다시 일어날 기반을 없애려 악랄한 정책으로 일관했기 때문에 고국에서의 새로운 삶을 펼칠 수 있는 기댈 언덕이 없었다. 역시 아버지는 정세를 정확히 아셨고, 어머니 또한 친정집에 맡긴 자식의 죽음을 소식 듣고도 직접 확인하고픈 그 깊은 아픔을 뭐라 하겠는가……

아버지는 당신의 꿈이 사라지자 암흑 속을 헤매다 결국 화병을 얻어 49세의 나이로 생을 마감하셨다.

이렇게 부모님은 파란만장한 역사의 소용돌이에 휩쓸려 나라의 슬픔에다 우리 가정의 아픔까지 오롯이 함께 하셨다.

내가 우연히 이화여자대학 교정에서 총장님이 한복 입은 단아한 모습으로 제자들과 담소하는 사진을 본 후 무조건 대학은 이화여자대학으로 가겠다고 선포를 했다. 우리는 해방을 맞았으나 그 후 6·25전쟁으로 사회 전체가 어수선했다. 게다가 1955년에 박인수 사건이 터져 나라를 온통 뒤흔들어 놓았다. 전통을 중요시하고 여성의 정조를 중시하던 한국 사회에 혼자서 100여 명의 여성을 농락한 한국판 카사노바 사건이다. 세상에 이런 일이……? 나는 그 사건이 나와 무슨 관계가 있느냐며 시위했다.

주위 친척들은 펄펄뛰며 부산에서도 좋은 대학이 있는데 왜 하필 그 화려한 이화여자대학을 가려느냐고 반대가 극심했다. 어머니는 여러 생활 경험덕인지 개화된 생각을 갖고 계신터라 "말은 태어나면 제주도로 보내고, 사람은 태어나면 서울로 보내야 된다"는 말을 평소에 자주 하셨는데도 그때는 너 없이는 못산다며 극구 반대하셨다. 그런데 오빠는 작심한 듯

한 마리 학처럼

"어디에 있든 어떤 경우에도 자기 하기 나름이라며 나는 동생을 믿는다"고 하며 오빠는 부산에 있는 대학에 갈 테니 동생은 원하는 데로 해주라며 적극 밀어주었다.

그때는 여학교만 나와도 일등 신붓감으로 쳤는데 어머니는 "네가 그토록 이화여자대학만을 고집하니 나는 달라빚을 내더라도 끝까지 시킬테다. 그러니 너는 일 저질러 중퇴하는 일 없이 꼭 졸업을 하겠다는 약속을 하면 들어주겠다"는 것이었다.

나는 오빠의 적극적인 후원으로 주위의 모든 반대를 물리칠 수 있었다. 오빠는 항상 겨우 살아남은 이 여동생을 염두에 두고 내 편이 되어준 것이다.

그 오빠가 폐암 말기로 병원과 요양병원을 몇 번씩 구급차로 오가며 고통 속을 헤매고 있었다. 세 번째 병원 응급실로 갔을 때는 얼마 남지 않았으니 편하게 가시도록 해 드리라며 소개하는 요양병원으로 소견서를 갖다주라는 것이었다.

오빠는 답답하다며 인공호흡기를 자꾸 손으로 떼내려 해 실랑이가 잦았다. 결국 침대 모서리에 오빠의 양손을 묶어 놓게 되었다. 그렇지 않으면 치료가 안 되니 어쩔 수 없다는 것이다.

오빠는 나를 바라보며 풀어달라고 입으로 말하는데 인공호흡기 속의 희부옇게 가득한 입김을 나는 잊을 수가 없다. 그 누구보다 동생인 나를 믿어 내가 보이면 입김으로 인공호흡기를 가득 채우며 애원하는 것이다. 나는 빤히 쳐다보며 안된다고 손사래를 치며 자리를 옮기곤 했다. 그러다가 오빠는 가족도 없는 사이 홀로 작년 연말에 가셨다. 그토록 애타게 하소연하는 오빠의 눈에 돌아서는 이 동생의 모습이 어떻게 보였을까?

오빠는 진정 나를 믿고 있었을까? 나는 지금도 가끔 그때 그 순간을 떠올리며 사무친 회한에 젖곤 한다.

한 마리 학처럼

우리 사는 동안
여덟 번째

토론토의 박 교장

박 교장 집 현관 입구 벽의 게시판에는 월별로 일정이 적혀있어 외출할 때 상황에 따라 나를 동행시킨다. 차를 몰면서 그의 옆에 앉게 하고는 거대한 파노라마처럼 펼쳐지는 높은 건물과 거리를 설명해주기에 바쁘다. 한국의 100배 크기의 나라, 캐나다에서 나는 완전 시골 할머니가 돼 거대함과 웅장함에 빠져있었다.

토론토의 박 교장

첨단 테크놀로지의 등장과 인식의 변화는 우리의 삶을 혁신적으로 바꿔놓았다. 예컨대 인터넷 덕분에 이제는 외국에 있는 사람과 페이스 타임이나, 스카이프로 서로 얼굴을 보면서 무료로 오래도록 대화를 할 수 있게 되었다. 역시 카카오톡으로 몇 시간이고 문자전송이 가능할 수 있게까지 되었으니, 스마트폰으로 거의 모든 게 가능하게 된 것이다.

국민 10명 중 8명이 스마트폰을 보유하고 있다니, 아날로그 시대의 나 자신도 그 속에 분명 포함돼 나 역시 문자를 확

한 마리 학처럼

인하고 또 신나게 퍼 나른다.

그렇다. 1967년도에 함께 공부했던 박 교장은 지금 토론토 (캐나다)에서 한글학교를 운영하고 있다. 우리는 각각 다른 대학을 졸업한 후 또 다른 공부를 하기 위해 만났던 동창(연세대)으로 그는 졸업 후 바로 이민을 간 것이 벌써 50년이 코앞이다.

대체로 이민 초기에는 대부분이 좌절과 역경의 세월을 겪는다. 그러나 그는 미8군도서관에 근무했었기에 원어민 회화를 구사했던 덕택에다 워낙 치밀한 이민 정보로 난관을 잘 극복한 것 같았다.

몇십 명의 졸업생 중 세월의 더께가 쌓임에 따라 사방으로 흩어지고 또한 일찍 생을 달리한 동창도 있어 요즘은 겨우 10명도 안되는 모임이 서울에서 이어지고 있다.

해마다 새해 연하장으로 우정을 키워왔다가 몇 년 전에 박 교장이 공무로 한국에 와서야 우리는 몇십 년 만의 주름진 얼굴을 대하게 됐다. 그러던 것이 올해 초 이미 내가 카카오톡을 활용 중임을 알게 된 박 교장이 금방 스마트하게 내 카톡 친구로 들어오게 돼 거의 매일 실시간으로 문자전송이 오가게까지 급발전된 것이다.

금방 그가 살고 있는 토론토로 우리를 초대하고 싶다는 의향을 비쳤다.

역마살이 낀 내가 그의 초대에 마음이 붕 떠 있을 즈음, 지난 3월에 카톡으로 금융사기를 당했다. 마치 조카가 여러 악당들에게 둘러싸여 곤욕을 치르고 있는 나쁜 상황이 그려져, 한 번도 아닌 두 번이나 서둘러 숨을 헐떡이며 송금했었다.

처음부터 마지막 부탁이라며 결재할 게 있어서이니 송금해 주면 오후에 입금시키겠다고 했다. 근데 마지막이라면서 세 번째 또 돈 요구가 있을 때에야 정신이 바짝 들어 사기임을 느껴 경찰에 신고하게 된 것이다. 이 바보는 이런 나의 속내를 일일이 다 알려주면서 말이다.

나중에 밤 늦게서야 걸려온 조카의 전화에서 직접 내 목소리도 안 듣고 확인도 없이 그냥 돈부터 보내는 사람이 어디 있느냐며 고함을 지르고, 고모가 바보냐며 야단, 야단이다. 이 내용을 들은 주위 친지들 역시 금방 사기란 느낌이 오는데 넌 왜 몰랐느냐는 식이다. 나는 왜 이리 멍청할까?

관상동맥협착증으로 치료 중인 내가 사기당한 후로는 더욱 숨 가쁘고 깜짝깜짝 잘 놀라다 보니, 돈 잃고, 바보 되고, 몸 상하고 또한 남사스럽기까지 해 자신을 추스르기가 몹시 힘들었다.

경찰수사관은 금방 사기범을 잡아도 돈 받는 것과는 별개의 문제라 한다. 또한 금감원에서는 지불금지 조치를 해도 삼개월이 경과해야만 된다니…… 지금으로서는 내가 아무리 노심초사해도 할 수 있는 일이 없다는 것이다.

박 교장은 모든 걸 잊고 이곳 공기 좋은 곳으로 오라며 이왕이면 종강식(4월 28일)에 맞췄으면 좋겠다는 것이다. 또 함께 가려 했던 동창도 살림꾼이라 일이 생겨 포기했다. 일을 벌려놓고 수습도 않은 채 떠나려 하는 나를 보고 가지 말라고, 가면 안된다고들 했다. 난 꼭꼭 숨어버리고 싶었고, 무거운 나를 내려놓고 싶었다. 어차피 이판사판 용단을 내려 나홀로 천근만근 무거운 몸과 마음을 싣고 토론토로 날았다.

이 판국에 외국에 나들이 가다니…… 등뒤로 욕을 먹으면서……

드디어 토론토의 땅을 밟고 박 교장의 차로 그의 집으로 왔다. 박 교장 부부의 깊은 배려를 받으며 그가 이룩한 이곳에서의 업적이 엄청남을 알 수 있게 됐다.

그의 거실에는 캐나다와 영국 여왕으로부터 받은 훈장에다 각종 단체에서 받은 상장들과 상패들이 쌓여 있었다. 몇십 년 동안 그가 참여한 수십 종의 역할 중 지금껏 참여하고 있는 것만도 한글학교 교장직을 비롯 그 지역 경찰청 채용자문위원, 자선단체의 총무, 한인권익신장협의회 창설 및 회장, 그 지역 교육청 국제언어학교 창시자 및 교장, 연방자유당지구당 상임위원 등등…… 헤아릴 수 없다. 본인은 그중에서도 자선회를 설립해 주 정부에 등록 인가받아 탈북이민자와 생활이 어려운 자들을 위해 지방 푸드뱅크와 연관, 친교를 맺고 있음이 제일 큰 보람이라 했다.

한글학교는 한국을 떠나 타국에서 자라는 2~3세의 후손들에게 확고한 민족성을 심어주기 위해 한국의 고유문화와 언어를 가르치고자 설립했다. 온타리오 주 정부에 비영리단체로 인가받아 1979년 설립해 2015년 지금껏 교장으로 몸담고 있다. 설립 당시 75명이던 코흘리개 어린 아이들이 올해엔 268명의 졸업으로 16,000명이 등록돼 있다며 그동안의 고충과 발전상을 강도 높게 피력한다.

종강식 날 식순에 따라 교장의 인사말에 이어 양국(캐나다와 한국)의 애국가 제창으로 시작해, 교사 소개 다음에 귀빈 소개가 있었다. 귀빈석에는 교육청 전체 모국어 교육(22개 국어) 교장을 비롯, 토론토 총영사관 교육원장, 경찰청장, 부시장, 몇

한 마리 학처럼

분의 시의원, 군의원, 제구역 경찰서장, 토론토대학(U.of.T)
영문학 교수, 캐나다 외환은행장, 갤러리아 사장, 변호사, 외
환은행 지점장, 갤러리아 전무, 경찰청장고문위공동의장, 모
국어교육 프로그램 매니저, 은행장, 지점장 등 18명의 소개
에 이어 내 소개가 있었다.

졸업생 중 우수상 등 상장 수여식에서 귀빈들이 호명될 때
마다 한 사람씩 차례로 나가 해당 학생의 고사리 손에 상장을
쥐어주며 부모님, 박 교장과 함께 사진을 찍었다. 수상자가
많다 보니 나를 포함 19명의 귀빈이 몇 차례씩 나가게 돼 바
빴지만 참으로 간만에 보람을 안겨준 공식 행사였다. 재롱만
피울 어린 꼬마 학생들은 부모님에 이끌려 입학했겠지만 졸
업 후에는 일반학교에서 한국인의 얼을 담고 세계 속을 누빌
꿈나무로 자랄 새싹들임에 틀림없다는 생각이 들어 흐뭇하기
만 했다.

박 교장 집 현관 입구 벽의 게시판에는 월별로 일정이 적혀
있어 외출할 때 상황에 따라 나를 동행시킨다. 차를 몰면서
그의 옆에 앉게 하고는 거대한 파노라마처럼 펼쳐지는 높은
건물과 거리를 설명해주기에 바쁘다. 한국의 100배 크기의
나라, 캐나다에서 나는 완전 시골 할머니가 돼 거대함과 웅장

함에 빠져있었다.

'불평회'란 이름의 모임에 10명 안팎의 남자들만의 조촐한 만남이 있다. 물론 박 교장의 안내로 금녀의 모임에 나그네로 몇 번 참여했다. 그분들은 한국식당에서 토종음식을 시켜 먹고, 자연 일상생활에서 묻어나는 응어리들을 토해내면서 지혜를 건져내고 친목을 다지기 위한 자리로, 이름처럼 편하게 보였다. 이제는 자손들도 세계를 품으며 한국인의 위상을 높이고 있어 더욱 삶의 보람을 느끼면서 말이다.

한국에서 대북풍선이 바로 세뇌된 북한 주민의 마음에 진실을 알리고자 날려보내고 있는 큰 행사에 일조를 하고자 열심히 홍보하고 있다. 10달러, 20달러라도 모이면 많은 대북 풍선을 날릴 수 있으니 뜻있는 동포가 많이 동참 바란다는 요지이다. 지금은 불평회란 이름에 불평들이 있어 다른 명칭으로 바꿨으나 시골 사랑방 같은 구수함은 변하지 않기를 바라본다.

우리와 같은 동기 동창으로 서 여사가 밴쿠버에 살고 있어 박 교장이 연결해 통화했다. 남편 백석 선생님은 서예 대가로 한국에서 국전 심사위원으로 활동하시다 지금 밴쿠버에서도 더욱 왕성하게 후진양성에 힘쓰고 계신다. 몇 년 전에 서 여

한 마리 학처럼

사가 한국에 왔을 때의 모습은 여전히 훤하고 행복한 모습이었다. 비행기로 4시간씩이나 소요되는 거리에다 곧 전시회가 있다고 해 일정이 바쁜 서 여사를 편하게 만나기가 힘들 것 같았다. 그냥 동창들의 안부를 물어보고 전시회 도록만 박 교장 집으로 부치게 했다.

틈틈이 박 교장의 차로 나이아가라 폭포와 주의회의사당 등 여러 곳을 안내받아 구경했다.

내 생애에 다시는 갖지 못할, 처음이자 마지막인 47년 만의 이 기회를…… 지금 조용히 생각하면 한글학교의 종강식 이외는 다 덤이라고 생각해야겠다.

지방검찰청에 계류 중인 나의 금융사기사건이 그사이 어떻게 진행됐을까…… 사기범을 찾아냈는지…… 내가 잃은 돈은 찾게 되는지…… 오만 가지 일들이 머릿속을 눌러 먼 곳에서 이렇게 시간만 죽이고 있어도 되는지 모르겠다는 생각만 들면 금세 가슴에 울렁증이 솟아난다. 남에게 속은 것보다 더 힘들고 무서운 것은 자신의 무지에 속았다는 자괴감이 더욱 나를 괴롭히는 것이다.

토론토의 한국 신문과 TV에서는 연일 메르스 전쟁을 특집으로 다루고 있다. 전번에는 금융사기로 한국을 떠나지 말라고…… 지금 떠나면 안된다고들 했는데 이번에는 메르스 사태로 한국에 오면 안된다고, 제발 지금은 오지 말라는 연락을 계속하는데…… 나는 조용히 짐을 챙기면서 박 교장에게 부탁해 받은 마스크를 배낭 속에 넣었다. 메르스 여파로 90% 이상 예약 취소된 비행기에 나를 포함 달랑 한국인 몇 명만이 일반석에 탑승한 대형 국제 여객기를 독차지하면서 조용히 한국으로 날았다.

우리 사는 동안
아홉 번째

69년 만에 독립유공자로 오신 아버지

아버지는 그만 화병을 얻어 1950년 생을 마감했습니다. 마흔아홉
의 나이에 말입니다. 나라의 슬픔, 가정의 아픔을 고요하고도 쓸
쓸하게 안고 떠나신 아버지, '독립운동가 박재삼'. 여든둘의 이 딸
은 오늘도 독립유공자 증서를 매만지며 일제강점기가 아니었다면
더 멋진 남편, 더 훌륭한 아버지가 되셨을 그분을 사무치게 그리
워합니다.

69년 만에 독립유공자로 오신 아버지

1950년 49세로 생을 마감하신 아버지가 69년 만에 독립유공자로 돌아오셨습니다.

3 · 1운동 100주년을 맞이한 지난봄. 아버지의 독립운동이 재조명되면서 독립유공자 증서와 대통령 표창이 수여됐기 때문입니다.

1902년 만석꾼 집안의 셋째 아들로 태어나신 아버지는 3 · 1운동 당시 경남 동래군 명정학교(현재 부산 금정중학교) 학생으로 동래시장통에서 태극기와 격문檄文을 나눠주며 만세

한 마리 학처럼

를 외치다 1919년 3월 18일 일본 경찰에 붙잡혔습니다. 그 후 온갖 고문과 매질로 옥에서 고초를 겪었지만 미성년자였기에 대구복심법원에서 징역 6개월과 집행유예 2년을 선고받고 석방됐습니다.

집안 어른들은 그런 아버지를 서둘러 일본 오사카로 유학을 보냈습니다. 유학 생활 중 혼인한 아버지는 나를 가운데로 5남매를 두셨습니다. 하지만 전쟁터인 일본 땅에서 조선인 부모는 아이가 아파도 데리고 갈 병원이 없었습니다. 두 아이를 먼저 가슴에 묻고 생후 8개월 된 막내딸마저 가마솥처럼 뜨겁게 달아오른 몸이 차갑게 식던 날, 부모님은 대성통곡했습니다. 그 후 우리집은 웃음을 잃었습니다.

가장이라기보다 독립운동가였던 아버지는 제2차 세계대전이 한창이던 1942년 우리를 데리고 오사카에서 홋카이도로 이사하셨습니다. 밤이면 조용히 라디오로 세계정세를 들으시던 아버지는 일본 최북단 탄광에서 조선인들이 고통받고 있다는 소식을 들었기 때문입니다. 아버지는 석탄을 캐러 온 아저씨들에게 글을 가르치고, 밤이면 골방에서 태극기를 만드셨습니다. 오빠와 나는 작은 가슴에 태극기를 숨겨 광원 아저씨들에게 전달하는 일을 맡았는데, 어린 나이에도 곡선과 직선이 조화를 이룬 태극기는 묘한 울림의 대상이었습니다.

드디어 1945년 8월 15일 일본이 패망하고 우리는 광복을 맞았습니다. 아버지는 1946년 우리 가족을 데리고 홋카이도에서 시모노세키로 내려가 연락선을 타고 부산 고향 땅을 밟았습니다. 그러나 고향은 아버지가 꿈에 그리던 그곳이 아니었습니다. 아버지의 독립운동으로 요시찰要視察 대상이 된 집안은 더욱 심하게 강제 공출을 당했고 그 많던 땅도 모두 빼앗겼습니다. 아버지를 맞이한 일가친척의 눈엔 큰 인물이 되라고 공부시켰더니 얼치기 독립군이 돼서 집안을 풍지박산 냈다는 원망이 가득했습니다. 독립운동가로서 큰 뜻을 다 펴지도, 가장으로서 자식을 모두 지키지도 못했다는 자책감에 아버지는 그만 화병을 얻어 1950년 생을 마감했습니다. 마흔 아홉의 나이에 말입니다. 나라의 슬픔, 가정의 아픔을 고요하고도 쓸쓸하게 안고 떠나신 아버지, '독립운동가 박재삼'. 여든둘의 이 딸은 오늘도 독립유공자 증서를 매만지며 일제강점기가 아니었다면 더 멋진 남편, 더 훌륭한 아버지가 되셨을 그분을 사무치게 그리워합니다.

우리 사는 동안
열 번째

한 마리 학처럼

부산에서 여고 재학 중일 때 우연히 이화여대 김활란 총장님이 제자와 함께 이화동산에서 찍은 사진을 보게 되었다. 흰색 바탕에 이화여대 로고인 연초록색의 배꽃무늬가 들어간 한복을 곱게 입으신 총장님이 제자와 함께 담소하며 찍은 단아한 모습에서 나는 그대로 총장님을 짝사랑 하기에 이르렀다.

한 마리 학처럼

부산에서 여고 재학 중일 때 우연히 이화여대 김활란 총장님이 제자와 함께 이화동산에서 찍은 사진을 보게 되었다. 흰색 바탕에 이화여대 로고인 연초록색의 배꽃무늬가 들어간 한복을 곱게 입으신 총장님이 제자와 함께 담소하며 찍은 단아한 모습에서 나는 그대로 총장님을 짝사랑 하기에 이르렀다.

그 뒤부터 대학 선택에 한 치의 망설임도 없이 이화여대를 점찍은 나를 두고 주위 친척들의 반대가 극심했다. 그때가

1950년대 중반이고 6·25전쟁 직후로 사회 전체가 몹시 불안했고 특히 여고를 졸업만 해도 대단했었던 때였다. 이화여대는 사치스럽고 교만한 대학으로 알려져 주위 친척들이 이곳 부산에서도 국·공립 사립대학이 다 있으니 그리로 권하며 내 마음을 바꿔 보라고 어르며 나를 종용했다. 당연히 어머니의 마음도 같으실 텐데 어머니는 한동안 조용히 나를 지켜보고 계시더니 내 마음이 이미 변함없음을 감지하시고는 드디어 그때부터 작심하신 듯 내 편이 되어주시고 주위의 많은 힐난을 일축해 주셨다.

어머니는 17살에 아버지와 결혼해서 나를 가운데로 5남매를 두셨으나 일제 치하에서 치료 한번 제대로 못 받고 무려 셋이나 8개월, 5살, 6살에 형제들을 잃었고 아버지 역시 파란만장한 일생을 사시다 중년에 돌아가시어 우리는 오빠와 둘만 남게 되었다.

틀림없이 어머니는 우리 남매를 오래도록 품안에 두고 싶어 하셨을 텐데 철없고 옹졸한 내가 무조건 이화여대만 가겠다고 하니 나의 속내를 아시고는 결국 내 손을 들어주시면서 나에게 다짐을 받으셨다. "네가 그토록 그 대학만을 고집하니 이 어미는 달러빛을 내더라도 너를 졸업시킬 테니 너는 엉뚱

한 일 저질러 중퇴하는 불상사가 없도록 하라"는 약속을 받으셨다.

합격통지서를 받자 화통하신 어머니는 모든 외롭고 힘든 괴로움을 숨기고 오로지 나를 위한 준비에만 몰입하며 챙겨주셨다. 그때는 기성복 자체가 전혀 없고 오직 모든 옷을 양장점에서 맞춰 입던 시절이었다. 어머니는 서울생활에서 기죽지 말라면서 여러 디자인으로 몇 벌을 준비해 주셨고 그 외에 필요한 것들을 세심하게 준비해 주셨다. 나는 무거운 가방을 가볍게 들고 서울행 열차를 탔다. 칙칙폭폭 검은 연기를 계속 내뿜으며 밤새 달려 서울역에 도착했을 때는 멋지게 차려 입은 양장 옷에 검은 석탄가루가 여러 곳 묻어 있었으며 내 얼굴 여기저기에도 석탄가루가 묻어 있었다.

학교에 가보니 총장님은 한결같이 예의 그 배꽃무늬의 한복으로 다니셔서 우리 재학생들도 한동안 비슷한 한복으로 과목마다 여러 강의실을 누빌 때라 비싸게 맞춘 양장 옷은 가끔 외출할 때나 이용할 뿐이었다.

해마다 5월 31일 학교 창립기념일에는 대강당에서 1부 집회가 끝난 후 2부 행사로 전교생이 이화동산에서 예의 그 한복 차림으로 매스게임을 했다. 학이 춤추듯 수많은 아이들이

한 마리 학처럼

동그랗게 작은 원을 만들며 움츠려 있다가 교가가 울려 퍼지면 맞추어 태양 한가운데서 만물이 깨어나는 형상을 움츠렸던 어깨를 펴고 훨~훨 사방으로 더 높게 더 넓게 날아오르는 그 순간의 모습은 가히 환상적이었다. 그럴 때는 이화동산을 가득채운 하객들 모두가 기립박수로 오랫동안 화답을 했다.

살다보면 빠르게 휘몰아치듯 돌아가는 내 삶을 지금 이 순간 되돌아보며 생각해본다. 나는 분명 젊고 아리따운 20대 초반의 멋스러운 한 마리의 학이었다.

우리 사는 동안
열한 번째

가와바타 야스나리와 최승희

그 여자가 바로 조선의 최승희였다. 가와바타는 1934년 최승희의
일본 데뷔작 '에헤라 노아라'를 통해 처음으로 그녀의 춤을 보고
한순간에 매료되었으며 평생 잊을 수 없는 깊은 감명을 받았다고
전한다. 최승희가 보여준 춤은 가와바타가 생각하는 정신으로 춤
추는 이상적인 무용이었으며, 일본의 무용과 다른 무용가가 지향
해야 할 모델로 인식되었다.

가와바타 야스나리와 최승희

일본 최초의 노벨문학상 수상작 『설국(雪國)』의 작가 가와바타 야스나리(川端康成, 1899~1972)는 일본의 전통적인 아름다움을 표현하여 독자적인 문학세계를 구축한 작가다. 그는 「이즈의 무희」로 데뷔한 이래 『설국』을 비롯해 「고향」 「석양」 『천 마리의 종이학』 『산소리』 『잠든 미녀』 『고도』 『무희』 등 뛰어난 작품을 발표하면서 줄곧 서정적인 미의 세계를 추구하여 독자적인 문학의 장을 열었다. 많은 작품들 중에서도 탐미주의 장편소설 『무희』는 가와바타 야스나리 작품으로서는 많이 알려지지 않은 작품이다.

『무희』는 사랑과 좌절, 열정과 혐오로 수놓은 세 무희의 삶을 그렸다. 애정 없는 결혼을 유지하며 옛 연인을 놓지 못하고 힘겨워하며 무대의 꿈을 포기한 과거의 무희 나미코, 전쟁으로 인해 유학의 꿈은 좌절되고 사랑의 추억과 기다림을 춤으로 녹여내는 미래의 무희 시나코, 사랑하는 남자의 아이들을 위해 발레를 포기하고 스트리퍼가 되는 진흙 속에 묻힌 진주 같은 무희 도모코. 그러나 소설이 전체 구조를 살펴보면 작가의 생각이 투영된 '야기'라는 인물을 중심으로 그의 눈에 비친 무희들의 모습이 소설 전편을 통해서 그려진다는 것을 알 수 있다.

작가가 이 세 무희의 인생사 비극을 특유의 심리묘사로 그려낸 점이 소설의 정점을 이룬다.

모던한 서양 발레의 바탕 위에 전통적인 일본의 미를 완벽하게 표현해 낼 줄 아는 무용가가 작가에게는 이상적인 여자였다. 또한 그는 여자의 아름다움은 무용을 통해 절정을 이루며 세상에서 가장 아름답게 살다가는 존재는 무용가라고 생각했다.

작가는 "발레에 의한 육체의 단련을 통해서 여자의 아름다움은 무용에서 극대화된다"라고 『무희』를 통해 표현하고 있다. 심지어 뛰어난 무희가 없다면 우리는 진정한 여자의 아름다음을 알 수가 없다고까지 했다. 그러나 외적인 육체의 미를 강조하는 것에 그치는 것이 아니라 아름답고 순수한 정신과 더불어 춤추는 것을 이상적인 무용이라고 생각했다.

그 여자가 바로 조선의 최승희였다. 가와바타는 1934년 최승희의 일본 데뷔작 '에헤라 노아라'를 통해 처음으로 그녀의 춤을 보고 한순간에 매료되었으며 평생 잊을 수 없는 깊은 감명을 받았다고 전한다. 최승희가 보여준 춤은 가와바타가 생각하는 정신으로 춤추는 이상적인 무용이었으며, 일본의 무용과 다른 무용가가 지향해야 할 모델로 인식되었다.

가와바타의 『무희』는 춤을 통해 정신적인 조선을 되살려 냈던 최승희처럼 2차 세계대전에 패배한 일본을 표현한 일종의 '오마주'였다. 최승희의 오랜 팬이자 후원인이었던 작가가 그녀에 대한 마음을 소설을 통해 표현하고 싶었다고 생각한다.

최승희(1911~1969) 그녀는 누구인가? 춤으로 세상과 소통한 조선 여자. 최승희는 우리나라에 처음으로 서구식 근대 무용을 본격 도입한 동시에 한국적인 정서를 담은 무용을 세계 무대에 올려 호평을 받은 인물이다. 여성이 대중 앞에 몸을 드러내 무용을 한다는 것에 호의적이지 않던 시절에 놀라운 열정과 대담함으로 새로운 표현 예술의 경지를 열어 보였다.

한 마리 학처럼

그녀의 무용 세계는 1938~1941년 사이에 미국은 물론 유럽, 남미 등을 순회 공연하면서 또 다른 전환기를 맞이하였다. 특히 뉴욕 공연 후 '세계 10대 무용가의 한 사람'이라는 평을 받았다. '코리안 댄서'로서 그녀는 보살춤, 초립동, 남사당패 등 한국적인 소재를 살리는 동시에 세련된 감각과 빼어난 기량을 발휘하여 이방의 관객을 사로잡았다. 그 전에는 물론 그 후에도 최승희만큼 호평을 받은 무용가는 드물었다고 한다. 그녀는 춤뿐만 아니라 음악, 의상, 무대장치에도 뛰어난 감각을 가져 종합 예술인으로서의 조건을 갖추었다는 평을 들었다. 하지만 그녀 역시 식민지와 분단 조국의 현실과 무관하게 살 수는 없었다.

피카소도 찬미한 원조 한류 스타 최승희는 북한에서 인민배우, 최고인민회의대의원, 최승희무용연구소장 등 화려한 이력이 있었지만 1967년 숙청되어 가택연금의 처벌을 받았다. 그녀 역시 격동의 시대를 살다간 불운의 무용가였다.

가와바타 야스나리는 감각적이고 주관적으로 재창조된 새로운 현실묘사를 시도하는 신감각파였다. 그의 작품은 과거, 현재, 미래를 역전시키며 비현실 세계에서 특유의 묘미를 발휘해 세밀한 문장으로 청춘의 감상이나 인생의 비애를 묘사

했다. 또 여성을 주인공으로 청순한 서정성의 저변에 근대적인 지성과 애수를 띤 소설이 많다. 하지만 명문대 출신에 노벨문학상 수상 작가로 프랑스 예술 문화훈장 등을 받으며 명성을 떨쳤으나 72세에 가스 자살로 생을 마감한다.

운 좋게도 금년 4월에 나는 동경 문학기행을 다녀왔다. 나쓰메 소세키, 이시카와 다쿠보쿠, 야쿠타가와 류노스케, 엔도 슈사쿠, 가와바타 야스나리, 다자이 오사무, 마쓰오 바쇼 등 대부분 19세기 말에서 20세기 유명 작가들의 발자취를 더듬어보았다. 오랜 세월이 지났지만 주위는 깨끗하고 조용했으며 유품들이 잘 보전되어 있어 새로운 느낌을 받았다.

가와바타 야스나리가 생전에 살던 두 번째 집 외관을 둘러보았고, 그의 묘가 안치된 공원묘지와 자살한 마지막 맨션도 견학했다. 지금은 일반인이 거주하는 보통 맨션이다. 그 집에 사는 사람들은 자신의 집이 일본 최초의 노벨문학상 수상 작가가 살다가 자살한 집인 줄 알고는 있는지……

한참이나 무념의 상태에서 가와바타 야스나리라는 일본인이 낳은 세계적인 대작가가 작업실에서 가스를 틀어 놓고 스스로 목숨을 끊은 1972년 그때 그럴 수밖에 없었던 그 순간이 영화처럼 오버랩으로 다가온다.

저녁이 있는 삶을 위하여
열두 번째

백령도에서

선착장에서 40여 분 거리에 있고 황해를 향하여 두 팔을 벌리듯
서북부에 자리잡은 두무진항은 백령도를 상징하는 대표적인 서해
의 해금강으로 불리는 절경으로서 코끼리 바위 등 기암괴석의 비
경이 여기저기 펼쳐져 있다. 실로 신의 작품이 아닐 수 없어 발걸
음을 옮길 적마다 절로 탄성이 뱉어진다.

백령도에서

동경 124° 53′ 북위 37° 52′, 대한민국의 최북단으로 위도
상으로는 더 이상 갈 수 없는 서해의 가장 끝에 있는 섬, 그
이름 백령도! 섬의 넓이는 45.2㎢로 여의도의 5배 정도 크기
이다.

민족분단의 아픔을 간직하며 오로지 통일의 그날을 고대하
면서 북쪽 하늘만 쳐다보고 고향땅에서 제일 가까운 이곳을
떠나지 못하는 전후 난민들과, 군 가족들이 태반인 이 백령도
는 행정구역이 황해도 옹진군이었으나 지금은 인천광역시 백

령군으로 되어 있다.

태고적부터의 신비를 고스란히 간직하고 있는 이 백령도에 갈 수 있는 기회를 어찌 놓치랴 해서, 국회산악회 주최로 8월 3일부터 2박 3일간의 하계휴가에 인솔책임자 곽호규 씨 등 일행 60명 중 일원이 된 나는 3일 동안의 양식과 옷가지를 넣은 무거운 배낭을 가볍게 메고는 어쩔 수 없이 수학여행길에 나선 학생마냥 약간은 들뜬 기분에 06:00 국회를 출발, 인천연안부두에서 다시 08:00, 알맞게 흐린 날씨 속에 데모크라시호를 타고 각자 자리를 찾아 앉았다.

인천항에서 쾌속선으로 4~5시간, 일반선으로 9~11시간이나 걸리는 머나먼 곳이라 배가 상하좌우로 심하게 요동칠 땐 열 명 중 서너 명꼴은 배멀미를 피하지 못한다기에 나는 미리 멀미약을 먹고는 밖을 내다봤다. 조그만 창으로 보이는 바깥은 그저 파도만이 넘실거리고 있어 우리 자리는 반지하실이 아니라 반수하실이라고 서로 웃으며 막 시작한 중앙에 위치한 TV 화면을 아무 생각없이 보고 있었다.

홍콩의 무술영화 비슷한 장면이 펼쳐지고 있는데 두 시간 가까이 지날 때는 꽤 높은 파도가 창을 부술 듯이 때리고 있다.

넓은 바다에 파도가 높아짐에 따라 배의 몸체도 더욱 흔들리며 내 머리도 무거워지면서 속이 거북해지려 한다. 살며시 일어나 아까 봐뒀던 화장실을 찾아 의자 끝을 잡고 천천히 걸어가는데 벌써 바닥에는 아예 처음부터 여기저기 돗자리를 깔고 많은 사람들이 누워 있는게 아닌가! 흔들리는 배와 함께 나도 흔들리면서 자신을 겨우 가누며 화장실 쪽으로 가려니 이미 몇 명씩 줄을 서 있고 주위는 지저분하여 가까이 하기가 싫었다.

할 수 없이 머리를 식히고자 심호흡을 하며 바깥 난간에 기대고 있는데 성난 파도가 나를 삼킬 듯 여간 사납지가 않다. 그 배의 직원 얘기는 인천 앞바다의 파도가 2m가 되어도 서해 먼 바다의 뱃길 중에는 4~5m가 넘는다는 얘기인데 어쩌면 도로 회항을 해야 할지 모른단다.

가까스로 자리로 돌아왔을 때는 그 같은 내용이 방송된 듯 여기저기서 웅성거리고 걱정들을 하고 있다. 화면엔 아까의 연속인 듯 아니면 다시 시작한 듯 여전히 치고 받고 지붕을 날으며 신나게 돌아가고 있고 나는 사탕을 입에 물고는 조용히 눈을 감았다.

조금씩 파도가 순해지는가 싶더니 몇 분 후에는 곧 소청도

　　　　　　　　　한 마리 학처럼

에 닿을 것이라는 방송이 나온다. 다행이 아닐 수 없다. 큰 모험을 한 것이리라.

소청도가 어업에만 전념하는 130여 가구의 막내섬이라면 대청도는 소청도의 작은형뻘 되는 중간섬이고, 백령도는 큰 형뻘 되는 셈이다.

이어 대청도에도 한 무더기 사람들을 쏟아 놓고는 오후 1시 넘어 백령도에 도착, 겨우 목적지에 온 것이다.

해병대 소속의 군인들이 경계를 펴고 있는 부두 근처에는 오고가는 피서객들로 북새통을 이루었다.

본부에서 미리 정해준 민박집으로 직행, 짐을 풀고는 우린 예정대로 사곶 해변으로 달렸다. 경사가 완만하고 수심이 깊지 않아 백령도에서는 제일 붐비는 곳이다. 특이한 점은 규조토라는 모래의 특성으로 바닷물이 빠졌을 때 유사시 천연비행장 역할을 하는 세계적으로 보기 드문 해안이라는 것이다. 물과 섞인 모래의 응집력이 대단해 도대체 발이 빠지지 않는다.

사람들이 여기저기서 조개를 잡고 있어 우리도 정신없이 조개잡이에 나섰다. 물이 한 번 스쳐 가면 즉시 발을 비비적거려 위치를 잡아 놓고 파도가 몰려오기 전 재빠르게 손을 집어 넣어 두세 개씩 낚아 올리는 것이다. 신나는 작업이 아닐 수 없다.

이튿날인 4일 오전에는 콩돌 해안을 가기 전 지금 한창 공사 중에 있는 화동과 사곶 사이를 막는 간척지 매립지를 지나가게 됐다.

백령도의 지도를 바꾸어야 할 만큼 대규모의 개발공사로서, 끝나는 '97년도에는 우리나라 14번째 크기의 섬에서 8번째의 섬으로 위상이 크게 올라가게 된다고 도민의 자긍이 대단하다. 정말 차창으로 보이는 매립지는 끝도 한도 없는 것 같았다.

우리가 도착한 콩돌 해안은 깨끗한 바닷물과 옥석 같은 자갈이 바둑알 크기로 시작, 콩알을 거쳐 계속 들어가면 팥알이 되어 바닷물 속에서 보석처럼 반짝이고 있다. 모두 모난 돌이 하나도 없이 한결같이 동그란 것이 모래 하나 없는 해안에 넓게 깔려 있어 꼭 지압을 받는 느낌을 주어, 우리는 맨발로 예쁘장한 자갈을 밟으며 신기한 듯 주위를 누비고 다녔다.

아마 오랜 세월 파도가 만들어 낸 신기한 예술작품이리라.

그리고 콩 같은 돌이라 하여 콩돌 해안이 됐다면 그 얼마나 멋진 이름인가? 오후에 두무진으로 향했다.

한 마리 학처럼

선착장에서 40여 분 거리에 있고 황해를 향하여 두 팔을 벌리듯 서북부에 자리잡은 두무진항은 백령도를 상징하는 대표적인 서해의 해금강으로 불리는 절경으로서 코끼리 바위 등 기암괴석의 비경이 여기저기 펼쳐져 있다. 실로 신의 작품이 아닐 수 없어 발걸음을 옮길 적마다 절로 탄성이 뱉어진다.

이곳 백령도에는 뭐니뭐니 해도 특산물이라면 해산물인데 특히 해삼과 전복은 전국에서도 가장 많은 단위 생산량을 보인다 하여 내심 이번 기회에 실컷 먹어보고 또 서울로 갖고 갈 수 있으면 좋겠다는 생각까지 했었다. 그런데 천만의 말씀이다.

물론 전에는 대표적인 어촌이었으나 북한의 거듭되는 어선 납북, 영공침범 등으로 이제는 영농으로 전환, 서울보다 더 비싸서 그저 감질나게 맛만 조금씩 볼 수밖에 없었다.

자—내일이면 이 곳을 떠난다는 생각에 숙소에 돌아온 우리는 슬슬 짐정리를 시작했다. 오후 2시 출발이라 점심 해결분만 남겨 두고 웬만한 것은 버리고 짐을 줄이기로 했다.

저녁에는 서로가 못내 아쉬움에 끼리끼리 볼링장으로, 노래방으로, 술집으로, 그도 저도 아닌 끼리는 집에서 장기, 바둑판을 벌이는 등, 백령도에서 가장 큰 부락인 이곳 진촌면의 중심가를 오가며 여러 곳에서 맞닿아 서로 환하게 웃으며 한껏 즐거운 시간을 보냈다.

5일 새벽 06:30쯤 됐을까, 악천후 때문에 인천항에서 쾌속선 출항을 못한다는 연락을 본부에서 보내왔다. 우린 서로 얼굴을 멍하니 쳐다보며 웃었다.

바깥 날씨는 쾌청하고 산들바람이 불어 꼭 거짓말 같기만 했다.

별생각 없이 머물다가 막상 돌아갈 날에 바람이나 안개로 인해 우습게 며칠 뒤로 밀린다는 얘기를 듣긴 했지만 우리가 꼭 그 꼴을 당하게 됐으니 말이다. 아직은 김, 통조림이랑 쌀도 조금씩은 남아 있고 주머니에 돈도 약간 있으니 조급할 것은 없지만 다만 사무실 문제가 큰일이다.

물론 본부에서 대표로 연락을 두루하겠지만 9시가 되어가니 민박주인집 전화통이 불붙기 시작했다. 각자의 사무실로 똑같은 사유가 줄줄이 이어진다.

그냥 무료하게 시간을 보낼 수 없어 다시 조개잡이에 나서기로 의논이 되어 우리는 아예 점심거리를 장만하여, 물론 이번엔 주인집의 큰 광주리와 바닷물을 담기 위한 물통까지 빌려 가지고는 살갗이 탈까봐 모자를 깊숙이 쓰고도 모자라 스

　　　　　　　　　　　　한 마리 학처럼

카프까지 동여매고는 꼭 취로사업장에 가는 모습들을 하고 지나가는 트럭을 얻어 타고 사곶 해변으로 달렸다.

백령도에는 6대의 택시가 있는데 섬사람들의 자가용이나 트럭 등을 얻어 타는 방법 외엔 그것이 유일한 교통수단이다.

해안은 하루에 두 번씩 간조, 만조 시간이 한 시간씩 늦어져 오늘 따라 점심시간은커녕 오후까지 조개 구경을 못하겠다.

사실은 조개탕에 수제비를 빚어 먹으려고 밀가루 반죽을 준비해 갔는데 나타나 주지를 않으니 보통 낭패가 아닐 수 없어 그냥 맹물에 소금 넣고 끓여 먹을 수밖에……

수없이 물에 빠져 허덕이며 거센 파도만 계속 타고 놀다가 오후 5시가 지나서야 발을 비벼대는 쪽쪽 조개가 고개를 내밀기 시작, 마구 긁어내다시피 하여 해가 수평선에 걸릴 때까지 광주리를 가득 채웠다.

차편이 없어지겠다고 아우성이라 마지막 편을 타고 집으로 가는 우리의 몸차림은 또 어떤가. 머리랑 옷이 물과 모래로 범벅이 되어 서로 꼴 좋다고 웃으며 그래도 마치 만선을 끌고 오는 어부들인 양 흥분된 기분이다.

밤에는 서로 얼굴이 화끈거린다며 큰 방에서 모두 다 원색

옷을 걸친 채 반찬하려고 산 오이를 얇게 썰어 얼굴에 붙이고
는 천장을 향하여 나란히 누워 있는 괴상한 모습을 상상해보
라. 주인집 아주머니가 역시 여자는 여자라며 한마디 한다.

우리가 조개잡이 하는 그 시간에 다른 팀들은 각자의 취향
대로 문화유적지 등 여러 곳을 찾아다니는가 하면 또 낚시하
러 간 팀들은 밤늦도록 오지 않아 애를 태우기도 했다. 낚시
얘기가 나와서 말인데 섬 주위 여러 곳에 낚시터가 산재해 있
어 우럭, 놀래미 등 낚시꾼들의 마음을 풍요롭게 해준다.

6일 아침, 모두 다 일찍 일어나 불안한 마음으로 오늘은 갈
수 있는지를 궁금해했다. 사실 어제부터 본부 측 일이 하나
더 늘었다. 우리 일행의 신변관리에만 신경을 써온 터에 이제
는 언제 제대로 돌아갈 수 있는지 몰라 수시로 해운항만청으
로, 여객터미널로 알아보느라 계속 바쁘게 움직여야 하니 말
이다.

드디어 인천항에서 출항을 했단다. 그럼 갈 수 있겠다고 좋
아 했더니 우리보다 앞서 못간 승객들이 오늘 간다는 것이다.
또 미루어진 것이다. 도리 없지 않은가.

그런데 어쩌랴. 7일에도 아직 우리 차례가 아닌 모양으로
또 발이 묶이다니! 아무리 날고, 뛴다 하는 별난 재주를 다 가

한 마리 학처럼

져도 지리적 특성 때문에 백령도와 육지를 연결하는 교통수단은 오직 정기 여객선뿐인 것을……

이제는 사무실 걱정, 집안 걱정들로 발을 동동거리며 오전 내내 이집 저집 다니며 "내일이면 갈 수 있대요?"가 당시 유행어가 되어 퍼졌다.

상심해 있는 우리를 배려했던 듯 본부에서 연결을 하여 오후에는 해병대 사령부를 방문할 수 있게 됐다.

한국전쟁 후 서해 5도의 군사적 요충지로 그 중요성이 크게 부각되어 현재 지역 최전선에서 국토방위의 중요 임무를 수행하고 있는 이 부대의 184m고지의 CP 즉 전방관측소로 올라갔다.

백령도 전체를 볼 수 있음은 물론 쾌청한 날씨 땐 북쪽 몽금포와 장산곶이 코앞에 선명하게 보이며 물결이 거세기로 이름난 장산곶 앞바다 인당수는 심청이 공양미 300석에 몸을 던진 곳으로 유명하지만 오늘은 유감스럽게도 농무로 인해 보이지 않는다.

그동안 얼마나 많은 실향민들이 명절 때마다 이곳을 찾으며 망향의 한을 달랬을까.

6·25 때에는 황해도 전투의 거점으로, 그 후부터는 서해

도서방어의 전초기지가 되어 국토방위에 땀 흘리고 있는 군인들의 노고에 감사하면서 부대를 뒤로했다.

불안과 초조감 속에서도 시간은 여전히 흐르고 8일 하루를 더 갇혀버린 신세가 되었다. 우째 이런 일이! 계속 뒤통수를 얻어맞고 보니 너무나 황당해 얼떨떨한 기분이지만 위원회 등 사무실이 바쁜 직원들은 애꿎은 담배만 계속 피워대고 대책 없는 대책 마련에 서로 왔다갔다 할 뿐……

이제는 양식도, 비상금도 다 떨어졌다며 서로 엄살을 부리면서 도리 없이 배운 기술이라곤 조개잡이밖에 없으니 행동으로 옮기자고 했으나 그나마 불운하게도 저녁 7시쯤이나 새벽 7시 전에라야 잡을 수 있어 물때가 맞지 않아 이것 또한 용이한 일이 아니었다.

그동안 주인집 아주머니와도 정이 들었지만 순두부를 잘 만드신다고 하여 아주머니 지시대로 일을 하며 함께 만들었다. 특이한 것은 한 번 찌꺼기(비지) 낸 콩물을 냉동실에 뒀던 겨울 김치를 썰어 함께 다시 가마솥에서 끓이는 것이다. 이름하여 "김치두부"인데 이곳 특산물인 까나리 액젓에 갖은 양념을 넣어 끼얹어 먹는 것이다. 냉면, 메밀 칼국수 등이 지역 토속음식으로 섬 주민들의 사랑을 받는다는데 우리 입에는

한 마리 학처럼

익숙치 않아서인지 별미가 별로이다.

결국 어이 없게도 2박 3일의 하계휴가가 백령도 기후의 변화무쌍으로 인해 6박 7일의 억지휴가가 되어 9일에야 겨우 정말 묘한 기분을 안고 서울로 올 수 있었다.

그동안 많은 어려운 여건에도 불구하고 60명이라는 대식구를 그런대로 무사히 돌아오게 해주신 본부 측에 고마움을 표하고 싶고 그래도 지금 생각하면 모든 게 아름다웠고 가슴 설레는 감동을 느끼는 것은 무슨 연유일까?

저녁이 있는 삶을 위하여
열세 번째

흰머리 검은 머리

가다가다가 눌러도 눌러도 눌러지지 않는 눈물이 있으면 그 눈물
이 행여 흐를까봐 몰래 허공에 눈을 주었다가 분위기에 맞지 않게
문득 밝디밝은 웃음을 함빡지어 보이시는 엄마였다. 그런 엄마였
기에 내게 있어 엄마의 흰머리는 그냥 흰머리가 아니라 은백의 은
실로 꾸며진 눈부신 머릿관처럼 보이는 것이다.

흰머리 검은 머리

엄마는 올해 구십이다. 여든여덟 미수(米壽)를 지내시고도 이 년을 더 사신 것이다. 눈썹이 희고 길게 자란다는 미수의 나이를 보내시며 엄마의 머리는 세월을 거스르는 게 아닐까 싶게 변해 마냥 희한하다. 다시 머리카락이 돋아나시는 듯 머리숱이 부품해지면서 검은 머리가 제법 섞이기 시작하는 것이다. 구십 나이 엄마 몸에 고로쇠나무 수액 같은 것이 다시 솟아 흐르기 시작한 것일까. 날이 갈수록 검은 머리가 늘어나 머리 커트하기가 아까울 정도다. 엄마의 머리 손질은 언제나

한 마리 학처럼

내 차지인데 '신들린 가위손'이라는 별명을 가진 나도 검은 머리를 고스란히 놔두고 흰머리만을 잘라내는 건 어렵기 때문이다.

대개 그렇듯 엄마도 오십대 초반에 흰머리가 하나 둘 늘어나기 시작했다.

"늙는 건 서럽지 않아. 하지만 흰머리는 역시 보기 싫구나."

거울을 들여다볼 때마다 어머니는 언짢아 하셨다.

"아직은 괜찮아. 그저 셀 수 있을 정돈데 뭘. 내가 뽑아줄게. 하나 뽑아주는 데 단돈 백 원…… 어때요?"

아직 어린 나는 그런 제안을 했고 엄마는 기꺼이 응락하셨다. 그래서 나는 한 올에 백 원씩을 꼬박꼬박 받아가며 흰머리 숨음질을 시작했다. 철없는 난 검은 머리 속에서 흰머리를 찾아내느라고 하도 뒤적거리는 바람에 머리가 온통 수세미가 되기도 했다.

"됐다. 그만 해라. 새 집이 따로 없구나. 길 잃은 까치가 내 머리 위에 내려 앉을라."

웃음 섞인 꾸중을 듣고도 나는 깔깔 웃을 뿐이었다. 한데 그런 즐거움도 오래 가지 않았다. 오십대 중반에 이르러 엄마의 흰머리는 족집게 내 손가락도 감당할 수 없을 만큼 늘어났다. 별수 없이 엄마도 염색을 하기로 했다. 그땐 나도 멋을 잔뜩 부릴 때여서 까만 머리를 부드러운 갈색으로 물들일 때였다. 일요일에 서로의 머리를 염색해 주느라고 법석을 떠는 게 일이었다.

엄마는 나보다도 키가 크고 얼굴도 훤히 생겨서 잘 차려 입고 나서면 누가 봐도 헌칠한 현대 미인이었다. 엄마의 자랑거리는 알맞게 부품한 머리숱이었다.

"옛날 오월 단오날이면 동네 애들이랑 창포 풀어 머리 감았지. 동백기름 발라 참빗으로 싸악싹 빗어 소담하게 한 가닥 땋아 허리까지 늘어드리면 동네 총각들이 흘금흘금 쳐다보느라 바빴단다."

그렇게 말하는 엄마의 눈은 유난스레 반짝거렸다. 머릿결이 비단결마냥 반지르르 하면서도 얼마나 숱이 많았던지 숱이 적어 고민인 동네 아주머니들의 부탁으로 허리 아래까지 길렀던 머리를 아낌없이 잘라 숱적은 머리에 덧붙여 비녀를 꽂는 '달비'를 만들어 준 적도 많았다고 한다.

그런 엄마였는데 육순이 가까워 당뇨를 앓고부터는 눈 때문에 더 이상 염색을 할 수가 없게 되었다. 나날이 하얗게 세어버린 엄마의 머리를 손질해 드릴 때마다 내 눈시울은 속 에

한 마리 학처럼

리듯이 아파 지곤 했다.

생때 같은 나이 삼십대에 남편을 손수 묻어야 했던 엄마. 자식 다섯을 낳아 그 가운데 셋을 전쟁통에 잃어야 했던 엄마. 온갖 애통함과 한스러움을 오직 홀로 삭이고 가라앉혀야만 했던……

아무리 괴롭고 슬퍼도 엄마는 넋두리를 하시거나 눈물을 펑펑 쏟지 않으셨다. 구십 평생 엄마의 눈물 줄기는 아마도 밤에만 흐르는 어두운 강물이었으리라. 그 눈물 줄기는 길고도 허연, 짜디짜고도 쓴 침묵 속에 갇혀서 앙금으로 가라앉은 것이다. 그 앙금은 차마 씻겨 내려가지 못하고 하얗게 바래어 검은 머리를 은백의 머리로 바꾸어 버린 것이다. 남모르는 어둠 속에서 엄마 얼굴을 타고 내린 눈물의 갈피갈피 시퍼런 자국이 얼굴 여기저기에 깊은 주름골 흔적을 남긴 것처럼 그렇게……

하얗게 바래버린 엄마의 머리카락 가락에는 누구에게도 말하지 못한 쓰라린 온갖 아픔과 애통함과 외롬이 올올이 물들어 있는 것이다. 젊어 홀로 된 데다가 자식 다섯 중 딸인 나와 오빠와 둘만 가까스로 살리신 엄마는 자신의 오롯했던 꿈들은 죄다 죽이시고 죄다 접어 버리시고 두 자식의 꿈만을 살리시기에 매일매일 골몰하셨다. 가다가다가 눌러도 눌러도 눌러지지 않는 눈물이 있으면 그 눈물이 행여 흐를까봐 몰래 허공에 눈을 주었다가 분위기에 맞지 않게 문득 밝디밝은 웃음을 함빡지어 보이시는 엄마였다. 그런 엄마였기에 내게 있어 엄마의 흰머리는 그냥 흰머리가 아니라 은백의 은실로 꾸며진 눈부신 머릿관처럼 보이는 것이다.

외동딸인 내가 직장에서 바쁘게 돌아치며 엄마 생각은 눈곱만큼도 안할 때 엄마는 벗삼아 키우는 난초분들이랑 얘기를 나누다가 아파트 창문가로 흘러가는 낯선 구름 조각들과 얘기를 걸며 딸을 기다렸다. 이윽고 거실마루로 석양이 비껴들고 땅거미가 어둑신히 내리면 엄마의 눈길은 현관으로 향했다. 그러다가 딸이 들어서는 기색이면 "순자냐?" 하시며 그리운 애인 만나듯 반가워하셨다. 그런 엄마의 흰머린 어스름 속에서도 더도 덜도 아닌 은빛 머릿관이었다. 눈부신……

그러던 머리였는데 미수를 지나시면서 엄마의 머리가 놀랍게도 검은 머리로 바뀌어지기 시작했다. 거꾸로 딸인 내 머리는 흰머리가 되어버리고 있는데 말이다.

"왜 이러냐? 내 머리가……? 얼마나 더 오래 살겠다구? 쯧쯧…… 남 보기 부끄러워서 어디……"

　　　　　　　　　　한 마리 학처럼

엄마는 혀를 차며 당신의 검은 머리를 오히려 부끄러워하신다.

검은 머리는 아무래도 어쩔 수 없는 깊고 깊은 주름살들 때문에 다소 이상하게 보이기도 한다. 구십 평생 살아오시면서 겪어온 가지가지 풍상이 골이 되고 흔적이 되어 깊고 깊게 패여 이랑처럼 되어버린 주름살은 조금도 엷어지지 않는데……

엄마의 검은 머리를 바라보는 내 마음은 두 갈래다. 하나는 엄마의 몸이 고로쇠나무 수액을 만난 듯 다시 봄을 맞으신 것 같아 딸인 나까지도 덩달아 싱싱해지는 것이다. 그리고 또 하나는 구십 평생 아무에게도 말하지 못했던 혼자만의 애통함과 홀로 지키셔야 했던 그 허옇고 긴 침묵의 앙금을 이제야 올올이 씻어 버리고 싶어하시는 게 아닌가 싶어 가슴이 무지근히 아파오는 것이다.

이래저래 엄마의 머리는 이 세상에서 가장 거룩하고 가장 슬픈 느낌으로 내게 다가온다. 그 머리가 희든 검든……

저녁이 있는 삶을 위하여
열네 번째

퇴직하고 나서

이제 앞으로의 내가 할 몫은 이미 나로 인해 맺어진 모든 인연을 약초처럼 유익하게 베풀 수 있는 씨실과 날실이 되게 열심히 재배하는 것이다. 그래서 지나간 내 흔적 위에 앞으로 얼마 남지 않은 내일들의 무게를 얹은 우정의 꽃무늬를 부지런히 수놓아야겠다는 다짐을 해 본다.

퇴직하고 나서

두 팔을 위로 벌여 상큼한 햇살을 한껏 품어 보고 싶은 그런 날씨다. 이런 청아함도 대기오염으로 인해 갈수록 엷어져 가고 있기는 하지만 며칠 전 한 차례 온 비바람은 큰 빗자루가 되어 모두를 쓸고 간 듯 하늘은 좀 더 올라갔고 짙은 쪽빛으로 퍼져 있다.

마포대교 아래로 바람결 따라 은빛 비늘을 일으키며 흐르고 있는 한강에는 저 멀리 유람선이 흰 선을 그으며 지나가고 있다. 그 뒤로는 위로 향해 치솟은 높고 낮은 아파트와 빌딩

한 마리 학처럼

들의 윤곽도 선명하다. 더욱이 남산 위의 서울타워도 지금은 손에 잡힐 듯 코앞에 다가와 있고 쪽빛에 물들지 않은 흰 솜구름마저 자유로이 떠 있다. 이는 분명 벽에 걸린 정지된 액자 속의 수채화가 아니다.

지금 내 등뒤에는 삼십여 년간 몸담았던 직장의 위용이 그대로 느껴지면서 실로 오랜만에 너무나 한가롭게 내 눈앞에서 움직이고 있는 주변에 펼쳐진 자연의 그림을 천천히 감상해 본다. 옛날에 바라보던 것과 별로 다를 게 없는 형상임을 확인하건만 시간의 흐름은 마음까지 흘러가게 하는가?

퇴직한 지 이 년이다. 아직도 나는 직장 앞을 지날 적마다 그리고 직장 이야기만 나오면 가슴에 파동이 일어 먼 향수를 되살리게 만든다.

재직기간 동안 강산이 몇 번 바뀌면서 가깝기도, 멀기도 했던 직원 상하 동료 간의 인간관계는 과연 어떤 직조의 날실과 씨실의 짜임으로 다가왔을까를 조용히 생각해 보게 한다.

조그만 오해가 큰 불씨 되어 한동안 멀어졌던 사이가 우연한 계기로 풀어져 콘크리트처럼 더욱 공고히 다져졌던 경우도 있지만 반대로 그 앙금이 오래 가기도 했다. 해서 얼마나 많이 괴로워했던가. 잘잘못을 떠나 그 앙금은 끊을 수 없는 사슬처럼 아직도 아쉬움으로 고리 지어져 있다.

삭막할 수 있었던 공무원 생활에 직장산악회, 친선바둑교실, 또는 종교 모임 등 다양한 각종 동아리가 있어 근무시간 외의 친목이 이루어지기도 한다.

어느 여름에는 산악회에서 주관하여 직원 몇십 명이 서해안 최북단에 위치한 백령도에 갔었다. 처음에는 2박 3일 예정에 맞도록 옷이랑, 식량 등을 준비했는데 그만 폭풍우로 선박이 묶여 6박 7일을 꼼짝없이 섬 속에 갇혀 있었다. 직장 일은 물론 산악회 인솔 책임자가 일일이 보고를 했지만 바쁘게 돌아가는 현대인의 생활에서 개인적인 약속들이 있었던 직원들은 발을 동동 구르며 전화통이 불이 나도록 줄줄이 같은 내용들이 얽어졌다. 나중에는 비상금은 물론 먹거리마저 바닥이 나 우리는 먹고 살기 위해(?) 바닷가에 나가 발바닥을 간지럽히는 갯벌 속에서 조개잡이를 해 양식을 삼기도 했다. 조금은 불안했지만 왜 그리 재미있고 신명이 났던지 그때의 긴장감 넘치는 그 기분은 다시 맛보기 어려운 짜릿한 추억으로 지금껏 자리잡고 있다. 아무리 날고 뛰는 과학이 발달해도 악천후 앞에서는 모든 게 속수무책이었던 것이다. 인간의 한계를 느꼈던 여행이랄까.

한 마리 학처럼

또 특기할 것은 '이웃사랑 소나무 모임'이 있다. 대한민국 남한 땅의 북녘 강원도에서 남녘 북제주군까지, 소년 소녀 가장 돕기를 비롯 양로원, 육아원 등 작은 성금이나마 필요로 하는 곳을 찾아 송금하기도 하며 헌옷이나, 중고생활용품, 사용 가능한 가전제품 등을 잘 손질하여 멀지 않은 곳에는 직접 전달하는 등 많은 직원들이 이에 적극 동참하고 있다.

업무 밖의 이런 동아리 모임은 능히 어렵고 거북하기 쉬운 상하 수직관계를 모래성처럼 일시에 허물어뜨리고 그 자리에는 다시 끈끈한 정으로 쌓은 부드러운 친분관계가 이루어짐을 알게 된다. 다양한 인간관계 속에서 우리의 삶은 이렇게 정을 피우는가 보다.

친하면 친한 대로, 소원하면 또 그런대로 그 빈도 차이뿐이지 우리는 서로 점심시간이 되면 건물 3곳에 위치한 구내식당을 골라가며 드나들었고, 자판기에서 뽑아든 커피를 홀짝홀짝 마시며 바깥으로 산책을 나섰던 추억들이 아련하다.

도서관 앞을 지나 테니스장 옆 숲속에 들어서면 벌써 코앞에 있는 바깥세상의 혼탁함과는 뚝 떨어진 고즈넉함을 느끼곤 한다. 그리고는 잘 다듬어진 여러 종류의 조각 작품과 나무들이 적당히 어우러진 동산을 즐겨 찾았지. 그 어디에선가부터 나무들 사이로 바람처럼 오고 있는 쑥과 박하가 섞인 것 같은 향긋한 냄새에 꼼짝없이 취해 있기도 하며 그것은 너무도 삽상해 그 기분은 그 무엇에 비할 바가 아니다. 이토록 삼림욕의 역할을 충분히 하고 있는 이곳은 특히 예비 신혼부부의 야외 촬영 장소로도 많이 애용된다. 좋은 장소를 찾아 이곳저곳 옮기는 어린 신부의 웨딩드레스가 바람과 발걸음에 따라 춤을 추면서 속의 청바지가 함께 드러나고 있다. 주변 환경에 어울리는 모습을 보면서 애교 어린 눈으로 박장대소를 보내기도 했지. 인간은 환경적 존재란 것을 새삼 느끼기도 하였던 곳들이다.

병풍처럼 둘러싼 여의도 한강 둔치에는 샛노란 금불초 꽃들이 활짝 피어 새색시 모양 요염스런 자태를 드러내는가 하면 윤중로의 그 유명한 벚꽃나뭇길 바깥쪽에는 갖가지 야생화들이 지천으로 깔려 있다. 한때 당뇨병 고혈압에 좋다는 달개비풀의 보랏빛 꽃송이들이 그리고 항암제로 쓰이고 있다는 달맞이의 노란 꽃망울들도 서로 엉킨 채 여기저기서 눈에 띈다. 이 모든 것들이 왜 이리도 다정히 다가오는가? 옛날 그 모습이 그립다. 향수란 말이 새롭게 다가온다.

인간은 자연을 거슬리며 온갖 병을 만들어 고생을 자초해

한 마리 학처럼

도 자연은 소리 없이 탓하지 않고 그 치유까지 담당해 좋은 약효를 자랑하는 많은 약초들이 제각기의 특징으로 그 모습을 보이고 있어 자연에 순리하는 삶의 아름다움을 생각케 한다.

내 생애의 가장 소중한 가운데 시간만으로 짜여진 내 천은 내 재직기간만큼의 넓이는 확실한데 그 짜임새는 어떨까 상상해본다.

어느 면은 명주처럼 올이 촘촘하고 또 한 면은 바닥이 보일 정도로 섬긴 삼베와 같음을 느낀다. 오랜 사회생활에서 인간관계가 원만한 곳은 명주이고 그렇지 못한 곳은 삼베란 말인가.

이제 앞으로의 내가 할 몫은 이미 나로 인해 맺어진 모든 인연을 약초처럼 유익하게 베풀 수 있는 씨실과 날실이 되게 열심히 재배하는 것이다. 그래서 지나간 내 흔적 위에 앞으로 얼마 남지 않은 내일들의 무게를 얹은 우정의 꽃무늬를 부지런히 수놓아야겠다는 다짐을 해 본다. 이제 후회하기조차 아까운 시간 아닌가. 그것이 비록 삼베면 어떻고 명주라도 또 어떠랴. 삼베는 여름옷을 만들고 명주는 겨울 옷감으로 제격인 것을.

오랜만에 보는 무궁해 하늘은 전에 없이 유리알 같다. 오늘도 그 어디에선가부터 바람처럼 쑥과 박하가 섞인 것 같은 향긋한 냄새가 코끝에 머문다.

이 순간처럼 회상의 시간을 보내고 있는 나는 살아있음에 감사한다. 지나간 추억의 조각으로 되살려 오니까.

한 마리 학처럼

저녁이 있는 삶을 위하여
열다섯 번째

빨간 수첩

친구에게 전화하고자 수첩을 꺼내 번호를 찾고 있었다. 옆의 예쁜 아가씨가 그 빨간 수첩을 보더니 말을 건넨다. "따님이 이화여대 출신인가 봐요" 나는 아무 소리 안 했더니 다시 "그럼 며느리에게 서 얻은 건가 보죠?" 그때 난 얼굴도 들지 않고 고개만 천천히 가 로 흔들었다. 그다음 그녀가 말했다. "아니 그러면 혹시 바로 할머 니 수첩⋯⋯?"

빨간 수첩

5호선 발산역에서 승차한 나는 전철 속에서 자리를 잡은 후 슬그머니 핸드백 속으로 손을 넣어 수첩을 끄집어낸다. 뒷면에 붙은 지하철 노선표를 눈을 가늘게 뜨고는 열심히 내려다보며 손끝으로 도표에 그려진 시내 방향을 따라 정거장 수를 헤아려 본다.

지금은 매달 한 번씩 만나는 대학 동창의 모임에 가는 길이다. 장소가 압구정역 근처에 있으니 영등포 구청역에서 2호선을 갈아타고 교대역에서 다시 3호선으로 바꿔 가는 편과

한 마리 학처럼

종로 3가역까지 더 가서 바로 3호선으로 옮겨 압구정역으로 가는 노선 중 어느 쪽이 더 빨리 갈 것인가를 내심 손끝으로 따져 본다.

지하철을 이용하면서 나는 목적지 따라 환승역 수와 정거장 수를 살펴보기 위해 자주 수첩을 꺼내 보곤 한다.

오늘은 어떤 노선으로 가든 비슷할 것 같아 편하게 종로3가까지 쭉 가서 한 번만 갈아타기로 마음속 결정을 내리고 그냥 수첩을 쥔 채 앉아 있었다.

마침 옆자리가 비게 되자 내 앞에 서 있던 중년 여인이 앉으려 하기에 나는 몸을 조금 옆으로 움직여 주며 편히 앉게 해 주었더니 그 여인이 고마워하는 눈인사를 하는 것이다. 나는 그렇게 생각했었다. 그런데 조금 후에 그 여인은 본인도 이화여대를 졸업했다며 내가 빨간 수첩을 꺼내어 보는 모습을 보고 반가웠다는 것이다. 아, 그랬었구나, 그래서 그렇게 다정한 표정을 지었구나…… 얘기를 나누는 동안 나보다 몇 년 아래밖에 되지 않아 전철 속이 마치 학교 교정이나 된 양 우리는 금방 학교 얘기로 신이 났다.

졸업 직후부터 이루어진 동창 모임이 지금도 매달 20명이 넘도록 줄기차게 참석해 어떤 모임에서도 부러움을 사고 있다.

해마다 연말이면 이화의 탁상 달력과 이 빨간 수첩을 선물로 받는다. 집에서 살림을 하는 친구들은 새해 수첩이 새롭게 필요가 없을지 모르나 몇 년 전까지 30년이 넘도록 직장생활만 해온 나 같은 경우는 수첩이 필수품이다.

새 수첩에다 헌 수첩의 내용을 옮기는 작업으로 새해가 시작됨을 실감케 하는 것이다.

1년이란 그리 긴 시간도 아니련만 수첩 속에서는 많은 변화를 느낀다. 이미 생을 달리한 친지가 있는가 하면 연락 두절된 친지도 있어 나를 안타깝게 한다. 필요 없다고 생각되는 것은 빼고 옮기느라 연초에는 부피가 얇지만 달이 갈수록 그리고 연말이 가까울수록 헌 수첩의 양만큼 다시 두터워진다. 따라서 뒷면의 전철 노선표는 넝마처럼 되어 나는 연초에 미리 투명 테이프로 접어지는 자리에 붙여 놓기도 한다. 그것은 아직도 새로운 인간관계가 필요한지 혹은 나의 사회생활에서의 욕심을 버리지 못한 것인지도 모르겠다.

언젠가 공중전화를 걸고는 수첩을 그대로 두고 나온 적이 있었다. 덤벙대기를 잘하는 나는 그것조차 모른 채 돌아다니다 어떤 낯선 사람으로부터 휴대폰으로 수첩을 잃어버리지 않았느냐는 내용을 듣고서야 알았다. 수첩 뒤쪽 주소란의 내 전화번호로 연락하는 것이라며 근처 가게에 맡기겠다는 것이다.

나는 수첩에다 전화번호는 물론 별난 내용을 적기도 하고 상대방 전화를 미처 옮기지 못한 쪽지를 그냥 수첩에 끼워 놓기도 해 지저분하기까지 하다. 수첩이 없으면 내 머리로는 도저히 연결이 안 되니 마치 애인처럼 품에 끼고 사는데 찾아 주니 그 고마움이란……

그 뒤로는 새 수첩을 받으면 뒷면은 물론 앞면 첫 장에도 정중하게 "이 수첩을 보신 분은……"으로 시작한 나의 연락처를 크고 또렷하게 적어 둔다. 그리고도 모자라 헌 수첩도 불안해서 버리지 못하고 있다. 그다음 나는 자리를 옮길 때는 꼭 다시 살펴보고자 노력한다. 나는 이런 나를 무척 한심해하고 있지만 사실 나만이 그런 것만이 아닌 것 같다.

나는 나의 덤벙대는 단점을 잘 알고 있기에 나 역시 돌아다니다 수첩이나 기타 물건을 보면 가능한 한 임자 찾아주기에 열을 올린다.

우리는 인생을 살아가면서 알게 모르게 남에게 신세를 지면서 살고 있다. 때로는 당사자인 본인에게 신세를 갚을 때보다 타인에게 돌아가는 경우가 많이 있는 것 같다. 참으로 묘하고 재미있고 또 당연한 것도 같다. 기분이 그렇게 흐뭇할 수가 없고 홀가분하기까지 하니 바로 내가 어떤 식으로든 빚을 갚은 것이라고 생각되기 때문일 것이다.

어느 문화센터에서 시간이 있어 친구에게 전화하고자 수첩을 꺼내 번호를 찾고 있었다. 옆의 예쁜 아가씨가 그 빨간 수첩을 보더니 말을 건넨다. "따님이 이화여대 출신인가 봐요" 나는 아무 소리 안 했더니 다시 "그럼 며느리에게서 얻은 건가 보죠?" 그때 난 얼굴도 들지 않고 고개만 천천히 가로 흔들었다. 그다음 그녀가 말했다. "아니 그러면 혹시 바로 할머니 수첩……?"

저녁이 있는 삶을 위하여
열여섯 번째

나의 칠순기념 여행

상 가운데 큰 케이크가 놓여 있고 거기에는 '박순자 님의 고희를
진심으로 축하합니다'라고 적혀있다. 나는 말문이 막혀 멍하니 있
는데 교수님이 옆에서 나를 도와 촛불에 불을 켜고 박수소리에 이
어 합창으로 생일 축가가 나온다. 나는 이곳 티베트 여행을 하게
된 동기와 내가 주인공이 되게 해주신 여러분께 감사드린다는 얘
기로 답례를 했다.

나의 칠순기념 여행

조용히 티베트 음악을 듣고 있다. 잔잔하고도 평화로운 곡이 나를 티베트로 몰고 간다.

중국에서는 서장 자치구라고도 하는 티베트는 지구상 최대, 최고의 고원인 티베트 고원에 자리잡고 있다. 대부분의 지역이 해발 4,000m가 넘어 파미르 고원과 함께 '세계의 지붕'이라고 불린다.

성의 수도는 라싸이고, 면적은 남북한 넓이의 약 6배가 되는 반면 인구는 약 250만 명으로 밀도가 매우 희박하다.

작년부터 몇 모임의 친구들은 내년 칠순을 어떤 식으로 기념할 것인가에 화두가 모아지자 단연코 여행을 꼽았다. 나의 속내는 추억이 될 만한 곳으로 가고 싶었지만 여행지 택일이 참으로 어려웠다.

그때 중국 길림성에서 문 선생이 그 지역 학교 교장 선생님을 모시고 한국인 유학생을 유치하기 위해 홍보차 내한하여 환영회를 가졌다. 조선족 문 선생은 전직 국어 교사였으나 지금은 여행업에 종사하고 계시는데 중국에 정통하신 김 교수님 따라 몇 번의 중국 여행지에서 만난 분이다.

김 교수님은 내년에 티베트로 여행할 것이라며 일정표를 주시는데 그 순간 나는 생각했다. 바로 이곳이야!

여행은 계획하고 꿈꿀 때 더 즐거운지 모른다.

일단 목적지가 정해지자 나는 친지들에게 권유하기 시작했으나 처음엔 호기심을 보이다 고산병으로 고생한다는데 공짜로, 아니 상금을 준대도 싫단다.

6월 초, 인천국제공항 집결장에는 이번 여행을 기획하신 김 교수님과 여고 1년 위인 장 선배님을 비롯 후배 등 14명이 되었다.

북경에서도 문 선생과 몇 년 전 함께 실크로드에 다녀온 바

있는 낯익은 경이와 그리고 17살 유학생 민이랑 셋이 합류해 일행이 17명이 됐다.

총동창회장을 역임하셨던 선배가 제일 연장자이지만 한마디로 철인 여성이라 제쳐놓고 보니 바로 어느 쪽도 분류가 잘 안 되는 나 자신이 고산병을 잘 이겨낼 것인가가 걱정이었다. 그러나 이미 주사위는 던져졌다.

이튿날 중국 항공기에 몸을 싣고서 라싸를 향해 여객기는 조용히 날고 있었다.

복사지 크기의 창문으로 보이는 아래는 목화솜을 제멋대로 뜯어 놓은 듯 흰 구름이 창공을 수놓고 있다.

일본 영화 '원더풀 라이프'의 한 장면이 떠올랐다. 사람이 넋이 죽은 뒤에 머문다는 지옥과 천당의 중간 단계인 림보, 그 림보의 면접관이 여러 계층을 대상으로 질문을 던진다. "삶에서 단 하나의 기억 만을 남기고 나머지 모두를 잊어야 한다면 당신은 어떤 추억을 선택하시겠습니까?" 이 질문에 평범한 삶을 보낸 대상은 특정 순간을 선택하지 못해 고민에 빠지는데 한 젊은 청년은 "비행기 조종사로 근무했을 때 조종간을 잡고 창공을 날 때 솜사탕처럼 흩어져 있는 뭉게구름을 잊을 수 없노라"고 서슴없이 말한다.

이 영화의 의도는 자신의 삶의 궤적을 더듬어 가장 행복했던 단 한순간, 바로 그 순간을 자신의 가슴속에서 진정으로 다시 시작하게 만드는 것으로 가슴을 따뜻하게 했다. 만약 그 질문이 나에게 주어진다면, 적지도 않은 이 나이에 아무리 생각해도 내놓을 행복된 순간이 없다. 지금껏 제대로 한 것 없고, 더구나 제대로 된 것은 없으니 말이다. 어쩌면 지금의 이 여행이 될는지 모르겠다.

그런데 순간 친구 생각이 났다. 외국에 사는 내 친구 현이는 전투기 조종사로 출격 명령을 받으면 빨간 마후라를 목에 두르고 적의 미사일이나 기내 기관총에 맞아 추락하지 않으려면 고도의 산회기술을 얼마나 익혔느냐에 달려 있는 전투기 조종사였다. 그러나 일단 공중전에서 승리해 무사히 임무를 마치고 돌아올 때는 분명 하늘을 나는 한 마리 보라매로 구름 방석에 앉아 있기도 하고, 밤에는 반짝이는 별들을 잡았을지도 모른다. 그의 편지에는 전투기 조종사로서의 긍지가 대단했음이 묻어 있다. 그런데 천상에서도 무사했던 그가 지금은 지상에서 교통사고를 크게 당해 몸고생을 몹시 하고 있다. 제발 하늘의 사나이 출신다운 정신력으로 잘 이겨내 정신건강까지 해치지 않기를 진정으로 바라본다.

미동도 하지 않은 것 같은 여객기가 구름을 한쪽으로 벗겨 내는가 싶더니 산 정상에는 사계절 흰 눈을 이고 있는 티베트 북부의 해발 5,300m의 탕골라 산맥의 부분이 드러나고 있다. 백설은 마치 백사처럼 가늘고 길게 혹은 웅크린 듯한 자태로 우리를 유혹하고 있다.

드디어 라싸에 착륙했다. 날씨가 너무 청명해 눈이 부셨다. 티베트는 위도상으로 별로 높지 않지만 지형이 높고 험준하여 높은 산으로 둘러싸여 있기 때문에 한랭 건조한 기후를 나타낸다.

라싸는 장족말로 '성스러운 성지'라는 뜻이다. 야루 장푸강 지류인 라싸 하 북쪽에 위치한 해발 3,650m의 1300년의 역사를 가진 고성이다. 서장 자치구의 성도이자 정치·경제·문화·종교활동의 중심이기도 하다.

조선족 따거(가이드)가 우리를 환영하는 차타(천 목도리)를 목에 걸어준다.

티베트족은 돌·흙을 겹겹이 쌓아 올린 벽을 만들어 지붕이 평평한 바둑판 무늬 형태의 2, 3층 가옥에 살며 1층은 가축우리나 헛간으로 사용한다. 주식은 참파라는 라이보리를 볶아 가루로 빻은 것인데 버터차로 반죽하여 먹는다.

　　　　　　　　　　　　　　한 마리 학처럼

버스를 타고 라싸로 가는데 고산병의 징후가 슬슬 나타나기 시작한다. 머리가 어찔어찔, 목이 미쓱미쓱해 오더니 뱃속이 또 울렁울렁하기까지 하는 게 아주 느낌이 안 좋다. 조금 후에는 혈중 알코올 농도 0.110% 이상의 취기처럼 다리가 조금씩 휘청휘청 중심을 잃어간다. 아니 벌써, 우째 이럴 수가!

교수님이 최대한 느림에 대한 준비를 해야 될 것이라더니 숙소에 도착하자마자 선배와 짝꿍이 된 우리는 방에서 침대로 직행했다.

그래도 다음날 새벽 우리는 풍욕을 하느라 선배가 챙겨온 테이프의 지시대로 이불을 덮었다 제겼다, 팔을 벌였다 접었다, 다리를 폈다 오무렸다, 참으로 우스운 동작을 연거푸 해대며 요란을 떨었다. 나중에 옆방의 17년 후배 순이와 며느리는 이상한 소리가 자꾸 들려 몹시 궁금했었단다.

밖에 나와보니 여러 명이 고산병에 시달린 모양이다. 나의 고산병은 거짓말처럼 첫날밤도 채 치르기 전 나의 온몸을 살짝 건드려 놓고는 사라진 것일까?

세계 7대 불가사의한 건축물 중의 하나로 세계에서 가장 높은 해발 3,600m에 위치한 티베트 불교의 성지 부다라 궁은 마치 마법의 성처럼 보인다.

승려들의 수도생활을 고려해 하루 2,000명으로 관람객을 제한하며 그것도 오전까지만이다. 높이 119m의 3층 고대 궁전으로 대단히 높은 역사적 가치와 놀라운 보물 등으로 전세계 사람들이 꼭 가보고 싶은 곳으로 꼽히고 있다.

궁 앞에는 오체투지에 열중하는 순례객들을 볼 수 있다.

팽조다량 대문에서 덕양하까지 궁의 널찍한 돌계단을 많은 참배객들이 마니차(종 위에 경전을 새겨 이 종을 돌리면 경전을 모두 읽은 효과를 볼 수 있다함)를 돌려대며 오르는데, 갓난아기를 안은 부부가 땀흘리며 올라가는 모습은 차라리 우리를 숙연하게 만든다.

현대의 궁은 기본적으로 17세기 이후의 것, 특히 5세 핀첸라마 나상가조가 권력을 잡았을 때 확충한 것이다.

역대 달라이의 영답전과 불당들이 있는 홍궁 내에는 5세 달라이의 영탑이 가장 호화롭다. 그리고 궁에는 세상에 보기 드문 진귀한 보물들이 많이 수장돼 있다.

동대전 네 벽에는 벽화가 가득 차 있다. 그중 두 폭이 특별히 눈을 끄는데 하나는 원숭이가 사람으로 변한 벽화로 서장에서 다 아는 얘기이다.

티베트는 세계 최고의 궁만 아니라 주마랑마(에베레스트), 칭짱 고원, 나무 춰 호수. 아루장푸 강(대협곡), 히말라야 산맥, 차얼란 염호, 라싸저벙사 사찰 등 세계 최고·최대·최장을 자랑하는 자연 풍광과 문화유산들을 갖고 있다.

어떤 사람은 말한다. "보아라! 큰 산 큰 물이 모두 티베트에 있다"고……

그런데 여기에 더 보태야 된다. 마침내 2006. 7. 1. 세계의 지붕이라 불리는 해발 4,000m이상의 칭짱 고원지대에 북경에서 라싸까지 4,064m의 하늘열차가 사상 최초로 달리게 된 것이다. 이 만리장철의 개통으로 칭짱철도와 쿤룬산 터널이 세계 최장의 대열에 끼게 됐다. 이로써 지금껏 신비에 싸여있던 티베트는 더욱 현대 문명과 연결되게 된 것이다.

선배가 수상하다. 어제는 풍욕까지 함께 했는데 오늘은 아침밥도 거절하는 손짓만 하고는 이불 속에서 요지부동이다. 고산병을 앓고 있음이 분명하다.

혼자 식당에 가보니 몇 명만 보인다. 나는 흰죽을 작은 그릇에 담아 갖다 드렸더니 손을 흔들던 선배가 내 성화에 받아 마신다.

복도에서는 의사가 이 방, 저 방을 부산하게 다니고 여러

방에서 링거병을 매달아 놓고 또 산소통에 의지하고 있다. 씩씩하게 보이던 순이도 주사를 맞고 있어 새댁이 안절부절이고 동기인 해야도 고운 옷을 입은 채 널부러져 있다.

사업가인 7년 후배 숙이는 휴대폰을 로밍해서 전화할 때의 활달한 모습은 간데없고 처져 있다. 그 숙이가 사진 3장은 있어야 된다고 걱정하기에 내가 찍어 주겠다고 했다. 모두 다 손안에 들어가는 디카를 갖고 있는데 비록 나만이 덩치 큰 고물 필카이지만.

오늘은 양팔정으로 이동, 만년설에 덮힌 서장 북부의 최고 풍광인 탕골라 산맥을 보기 위해 나섰다. 제일 뒷좌석에 앉기 위해 들어가는데 한결같이 고통스런 표정이다. 그래도 교수님과 문 선생이 괜찮아 의지할 수 있어 천만다행이다.

끼니를 제대로 먹지 못한 일행들을 태운 채 오전 내내 달리던 버스가 점심을 먹기 위해 멈췄다.

이번 여행을 위해 대부분이 김치, 김, 밑반찬 등을 챙겨왔는데 선배와 숙이도 먹거리 등을 나에게 맡기고 겨우 걸음을 옮겨 식당 한쪽 자리에 앉아 있다.

꺼내 놓은 음식물들이 풍선처럼 빵빵하고 터질 듯해 희한하다고 했더니 교수님은 기압차로 그렇다며 우리 몸도 빵빵해진다는 것이다. 정말 거울 속에는 영 마음에 안 드는 한 여인이 낯선 표정으로 나를 바라보고 있다.

8년 후배 이야, 12년 후배 숙이, 14년 후배 명이, 17년 후배 숙이, 해야의 친지 두 사람, 그리고 22살의 유일한 총각 민기 등이 원탁에 차려지는 음식을 그냥 바라보고만 있다. 교수님도 팔짱을 끼고 계시다가 결국 큰 그릇을 달래 갖고는 서로 도와 밥을 담고 야채볶음과 김치, 고추장을 섞어 그 위에 김까지 얹으니 훌륭한 비빔밥이 됐다. 정물처럼 꼼짝 않는 다른 식탁의 일행들을 놔둔 채 우리만 조금씩 먹고 말았다.

우리들 기분과는 달리 버스는 100km로 계속 달리고 있다.

구름은 내가 멈춘 곳에서도 움직이고, 길은 내가 달리는 차 속에서도 그대로인 채 직선의 아스팔트 길은 끝없이 이어져 있다.

지나온 나의 발자국이 직선만이 아니었을진데 그 얼마나 될는지는 모르나 앞으로의 길만이라도 곧기를 욕심내어 본다.

여행을 하게 되면 철이 바뀜을 금방 느끼게 되고, 철도 또한 빨리 든다는데 아직도 욕심이 있는 걸 보면 나는 그러지 못한 것 같다.

광활한 길 양쪽의 들판에는 양떼와 야크들이 풀 찾아 다니는 모습과 유목민이 사는 흰 천막들이 보인다. 그들은 긴 팔옷과 장화에 모자를 깊숙이 쓰고 있는데, 자외선이 우리보다 9배 이상 강해서인지 다 검은 살결을 하고 있다.

드디어 직선길에서 옆으로 또 옆으로 산을 따라 몇 번 돌더니 5,300m의 탕골라 산맥의 위용이 꼬갈 모양의 흰 눈을 덮어 쓴 채 병풍처럼 내 앞에 펼쳐진다.

차가 멈추자 나는 부랴부랴 선배를 부축해 사진 찍기 위한 좋은 장소를 살폈으나 걸음을 겨우 옮기는 터라 마음이 급해 초점없이 하늘을 바라보고 있는 선배를 그냥 찰칵! 마치 하늘이 와 이리 노랗노! 하는 표정이다.

그다음 눈 감고 있는 숙이를 내리게 했더니 "내사마 못 내리겠심더, 이렇게 힘든데 사진을 어떻게 찍습니꺼" 잔소리 말고 퍼뜩 내 손잡고 내리라는 명령에 그대로 순한 양이 되어 순순히 잡혀 나온다. 산소통을 애인인 양 노상 품고 있더니 사진 찍으려니 반사적으로 가슴 밑으로 내려놓는다. 찰칵! 무의식의 행동이 의식 밖으로 표출되는 순간이다.

나의 작은 도움에도 크게 고마워하는 그들의 새로운 면모는 천성 여자라는 느낌에 나 혼자 웃음이 나온다.

한 마리 학처럼

나는 지금 분명히 하늘만큼 높은 세계 최고의 탕골라 산맥을 바라보며 날갯짓을 해 본다. 산허리에 걸린 구름도 눈인 듯 설원의 풍경을 더욱 멋지게 여러 폭의 산수화를 만들어 내고 있다.

작은 바람이 나를 흔들 때마다, 더러움에 차 있는 나의 뱃속을 헹궈내듯 새 바람을 집어넣고 얄팍한 내 마음까지 비칠 것 같은 호수에 가만히 손을 담가 본다. 속살을 채우는 초여름의 6월에도 얼음처럼 찬 호수는 나를 정신 들게 한다.

승차해 보니 몇이나 내렸는지, 누가 아예 내리지도 못했는지 분간이 안 간다.

뒷자리에 경이가 앉아 있어 나는 그 앞좌석에 앉았다. 문선생이 뒤로 오더니 경이의 중국어 공부를 도와준다. 어째 조용해서 뒤로 보니 문 선생이 길게 누워 있고 끄트머리에 경이가 앉아 있다 여태껏 잘 버텨온 카우보이 모자가 잘 어울리는 문 선생도 결국 몸이 불편해 뒤로 온 것이다.

나와 같은 줄에 앉아 있던 민이가 산소통을 끼고 있다가 급히 비닐봉투를 달라더니 결국 토하고 만다.

내 앞의 숙이가 동기인 순이의 손가락을 침으로 연신 따고 새댁은 간호사답게 연신 피를 닦아 주고 있다.

조금 후 뒤를 보니 이번엔 문 선생이 앉아 있고 경이가 누워있다. 좁은 자리에 달팽이 모양으로 최대한 구부려 서로 편한 자리를 주려는 배려가 보인다. 모두가 누울 자리만 찾고픈 표정들이다.

울려고 왔던가 웃으려고 왔던가?

나는 지금 우리가 뭣 때문에 이곳에 왔는지를 자문해 본다. 갑자기 노랫소리가 들려 고개를 들어 보니 지금껏 기운 못 차린 선배가 일어나 색안경을 낀 채 양손을 얌전히 앞에 모으고는 애국가를 부르는 것이라 너무 놀랐다. 아마도 우리가 왜 이 고생을 해야 되는지를 내가 생각할 때 선배 또한 정신없는 와중에서도 정신을 차리려는 잠재의식의 반동으로 일어선 것일까? 가슴이 찡하다.

고산병은 숨이 가빠오면서 몸속의 모든 기를 다 뺏어가듯 흐물거리게 만드는데 이곳에 사는 사람들은 멀쩡하다. 교수님은 배 위에서 생활하는 선상족들은 흔들리는 배 위에서도 동요없이 잘 사는데 아이들이 학교 때문에 뭍으로 가면 한동안 흔들흔들 맥을 못 춘다는 것이다.

겉으로 보이는 티베트족의 생활은 참으로 평화롭다. 그들은 행, 불행의 개념조차 알 필요가 없어서일까—

제2차 세계대전 이후에도 독립정부를 구성하고 있었던 티베트는 중공군의 박해를 계기로 대규모 반란이 일어났다.

14세 달라이 라마를 지도자로 내세운 반란이 실패로 끝나 결국 달라이 라마는 많은 추종자들과 함께 1959년 3월 히말라야를 넘어 인도로 망명할 수밖에 없었다. 지금도 부다라 궁의 시계는 망명한 시각인 오전 9시에서 그대로 멈춰 있다. 1989년 14세 달라이 라마는 비폭력적인 티베트 독립운동으로 노벨평화상을 수상하였다.

이곳에는 티베트의 역사와 문화뿐 아니라 티베트의 슬픔까지 모두 안으로 삭이고 있는 것 같았다. 어쩌면 21세기 인류는 티베트의 정신을 강렬하게 그리워하는지도 모르겠다.

티베트를 떠나면서 먹거리들을 침대머리에 두고 쪽지에 謝謝·再見! 적었다. 물론 작은 지폐와 함께ㅡ. 그들은 한국 돈은 물론 미국 돈도 모른다.

또 올 수 있을까? 새롭게 하늘 길이 열렸으니 마음속으로 또 한 번 욕심내어 본다.

한국으로 가게 되는 북경의 마지막 밤에 교수님과 문 선생이 바쁘게 움직이시더니 성찬을 준비해 주셨다. 외국에서의 한국 음식은 귀하다. 상 가운데 큰 케이크가 놓여 있고 거기에는 '박순자 님의 고희를 진심으로 축하합니다'라고 적혀있다. 나는 말문이 막혀 멍하니 있는데 교수님이 옆에서 나를 도와 촛불에 불을 켜고 박수소리에 이어 합창으로 생일 축가가 나온다. 교수님 어머님과 내가 동갑이라더니 살뜰하게 진행해 주신다. 나는 이곳 티베트 여행을 하게 된 동기와 내가 주인공이 되게 해주신 여러분께 감사드린다는 얘기로 답례를 했다. 그다음 미소년 민이가 언제 산소통을 끼고 토하기까지 했냐는 듯이 축가를 불러준다. 감미로운 노랫소리가 단비로 나를 촉촉이 적셔준다. 우리는 즉시 새댁의 중국 모자를 돌려 모금을 해 그 돈을 교수님이 민이에게 장학금으로 전달하고……

그러고 보니 내가 받을 선물이 또 하나 빠진 것 같다. 한창 고산병으로 자신을 추스르지 못해 안간힘을 쓰는 모습들을 보신 교수님이 안타까웠던지 제일 건강한 사람에게 마지막 날 선물을 주겠노라는 언질을 주셨는데 언급이 없다. 혹시 케이크 속에 숨겨 놨을까?

죽어서도 잊지 못할 추억이 있느냐는 림보의 면접관이 다시 나에게 묻는다면 나는 주저 없이 말하리라. 바로 이 순간이라고!

　　　　　　　　　　　　　한 마리 학처럼

저녁이 있는 삶을 위하여
열일곱 번째

두 번의 백령도 여행을 떠올리며

흰 새가 사랑을 이어 줬다는 전설의 백령도 땅을 밟는 우리 일행
은 해병대 연대로 안내받아 안보현황을 들었다. 북한의 황해도 장
연군과는 직선거리로 13.4킬로미터밖에 떨어져 있지 않다니 등골
이 오싹해진다. 내가 군인이었다면 나는 해군을 택하지 않았을 것
이다. 한번 해병이면 영원한 해병이라고 외치던 어느 해병의 목소
리가 들리는 듯하다.

두 번의 백령도 여행을 떠올리며

황해도 장산곶,
한 뼘의 물 건너 마주 보며
조국 분단의 설움
대를 이어 앓고 있는 땅

대한민국 최북단으로 위도상으로는 더 이상 갈 수 없는 서
해의 가장 끝에 있는 섬, 그 이름 백령도! 섬의 넓이는 여의도
의 5배 정도 크기이다. 민족 분단의 아픔을 간직하며 오로지

한 마리 학처럼

통일의 그날을 고대하면서 북쪽 하늘만 쳐다보고 고향땅에서 제일 가까운 이곳을 떠나지 못하는 전후 난민들과 군 가족들이 태반이다.

공무원 재직 시 1995년도 하기휴가로 2박 3일 예정으로 직원 60여 명의 일원이 된 나는 3일 동안의 옷가지 등 준비물로 가득 찬 무거운 가방을 가볍게 들고는 태곳적부터의 신비를 고스란히 간직하고 있는 백령도로 향했다.

인천항을 떠나온 '데모크라시호'의 객실창에서 알맞게 흐린 날씨에 알맞게 넘실거리는 파도를 보면서 우린 반지하실이 아니고 반수하실이라고 서로 웃으며 기분 좋게 들떠 있었다. 역시 우리 기분처럼 TV 화면의 무술영화 속에서도 두 검객이 지붕을 나며 칼을 휘두르고 있었다. 그런데 선체가 조금씩 요동을 치는가 싶더니 파도가 갈수록 높아지며 창을 세차게 때리기 시작한다.

흔들리는 선체 따라 몸도 중심을 잃으니 금방 객실이 엉망이다. 선원은 인천 앞바다의 파도가 2미터만 되어도 서해 먼 바다의 뱃길에는 4~5미터가 넘는다며 어쩌면 다시 회향을 해야 할지도 모른단다. 나는 의자를 꽉 붙잡고 눈을 감았다. 그런데 조금 후 거짓말처럼 파도가 순해지더니 소청도를 지나 대청도를 거쳐 겨우 백령도에 닿았다. 우린 일정대로 기암 괴석으로 이루어진 비경에 탄성을 지르며 땡볕에 원색 옷으로 구석구석을 누볐다.

떠나는 날 아침, 악천후로 인천항에서 쾌속선이 출항을 못한다는 연락을 본부에서 보내왔다. 모두 서로 얼굴을 쳐다보며 웃었다. 백령도의 날씨는 쾌청하고 산들바람이 불어 꼭 거짓말 같았기 때문이다. 이렇게 해서 2박 3일의 하기휴가가 6박 7일의 억지 장기 휴가가 돼 서울로 왔었다. 나는 그때 느꼈던 가슴 졸이면서도 내심 즐거웠던 묘한 기분을 오래 가슴에 묻고 있다.

퇴직 후 퇴직자 모임에서 2008년 두 번째 백령도 여행을 하게 됐다. 백령도 '안보현장 견학교육' 참가자의 일원으로 초겨울에 가게 된 것이다. 인천 연안부두에서 출항할 때의 11월 날씨는 약간 쌀쌀하고 가끔 구름도 보였지만 그런대로 파도는 잔잔했다.

두 번째의 방문에도 여행은 언제나 나를 유치원생으로 만들었다. 나는 큰 창으로 넘실대는 파도를 지그시 바라보며 지난 1995년의 8월과 2008년의 11월을 하나로 오버랩해 되새김질하고 있었다.

한 마리 학처럼

3시간쯤 지났을까 배가 기우뚱거리더니 파도가 인정사정 없이 창을 할퀴기 시작하는 게 아닌가? 영락없이 그때 그 형국이 재현되면서 주인공이 된 나는 여전히 용을 쓰며 의자 손잡이를 움켜잡고 있었다. 얼마나 지났을까 조금씩 잔잔해지면서 바람이 밀어 주면 3시간에도 입항한다는 용기포 부두에 5시간 반만에 겨우 도착한 우리는 얼떨떨한 표정으로 '백령도 안보현장 견학'이라는 뚜렷한 글씨의 녹색 버스에 올랐다.

흰 새가 사랑을 이어 줬다는 전설의 백령도 땅을 밟는 우리 일행은 해병대 연대로 안내받아 안보현황을 들었다. 북한의 황해도 장연군과는 직선거리로 13.4킬로미터밖에 떨어져 있지 않다니 등골이 오싹해진다. 내가 군인이었다면 나는 해군을 택하지 않았을 것이다. 한번 해병이면 영원한 해병이라고 외치던 어느 해병의 목소리가 들리는 듯하다.

순조로운 일정으로 출발하는 날 새벽, 수련원 창밖을 보니 잔뜩 흐린 날씨에 눈발이 사방으로 춤추고 있고 마당의 태극기가 거세게 휘날리고 있어 예감이 안 좋았다. 역시나 오늘 풍랑이 심해 배가 출항을 못한단다. 계속 이어진 기상악화에 지병으로 갖고 온 약이 떨어져, 또 약속이 있어 지키지 못해 속상해하는 회원들이 있었으나 겨우 5일 만에 인천항에 왔다.

그리고 2010년 3월 26일, 어찌 이날을 잊겠는가. 백령도 서남방 25킬로미터 해상에서 침몰한 해군 200톤급 초계함인 천안함의 슬픔을! 함장을 포함한 승조원 104명 중 46명의 용사가 목숨을 잃은 대참사를.

그중에는 제대를 한 달 앞둔 용사도 있고, 실종자 구조활동 중 목숨을 잃은 요원도 있다. 그리고 생존 장병들 중 다수가 지금도 통원치료 중이거나 악몽에 시달리고 있다. 추모 1주년을 맞아 잊을 수 없는 역사의 현장을 직접 견학하기 위해 4월 초 내가 한때 일했었던 한 여성 단체의 일원으로 해군 평택 2사령부에 들렀다.

두 동강이 된 흉측한 몰골의 거대한 천안함이 매달려 있었다. 선체는 억지로 찢겨진 살점에 여러 실핏줄이 내장과 엉킨 몸체처럼 늘어져 있고 그사이로 보이는 하늘은 완벽하게 푸르렀다. 말을 잃은 우리의 묵념 후 조 이사가 비명에 간 장병들의 억울한 혼을 달래기 위해 진혼무를 추었다. 그 춤은 나라 위해 목숨 잃은 46명의 용사들에게 절을 올리듯 조용히 머리를 조아려 한참을 엎드려 있는 것으로 시작됐다. 조금 있으니 몸이 여러 각도로 휘둘려지면서 괴로워하고 격렬해진

한 마리 학처럼

다. 죄송하오, 죄송하오…… 진실은 밝혀지는 법, 그대들이여 조금만 참으소서. 힘이 빠진 듯 춤이 잔잔한 물결처럼 부드러워지다 언제까지나 또 그대로 엎드려 있다. 부디 전쟁 없는 곳으로 모두를 놓고 가시오. 편히 잘 가시오.

매달려 있는 찢겨진 천안함의 젊은 넋들이 조용히 지켜보고 있다.

저녁이 있는 삶을 위하여
열여덟 번째

실크로드를 따라

실크로드의 끝자락인 우루무치에서 우리는 서안으로 가는 중국
서북 항공기에 몸을 실었다. A4 복사지 크기의 창문에서는 바로
발 아래 천산이 내려다보인다.
천상에서 보이는 천산! 거기에는 거대한 흰 띠처럼 눈 덮인 설산
이 마치 눈인 듯 구름인 듯 길게 가로누워 있다.

실크로드를 따라

우리는 모두 길 위에서 죽는다.
나고 멸함이 없는데 가고 못함이 있겠는가
인간은 알 수 없는 먼 곳에서 와서
어딘가를 향해 걷다가 길 위에서 죽는 것.

세계화 시대에 깊은 의미를 갖는 뛰어난 문화유적지와 역사, 낯설고 아름다운 대자연의 풍광이 있는 곳을 향해 길을 나섰다.

한 마리 학처럼

중국을 '비단의 고향'으로 부른다. 이 때문에 아주 일찍부터 비단 제품이 서방으로 수출되었다. 이 무역로가 바로 '絲綢之路'이다.

실크로드 대문명 탐방을 위해 우리 일행은 8월 초 아직도 35도를 오르내리는 서울의 맹더위를 뒤로 하고 인천국제공항을 떠났다. 그러나 서안(중국)에 착륙하자마자 우리를 맨 먼저 맞이한 것은 역시 40도를 웃도는 열기였다.

조선족 안내양이 반갑게 인사한다. 더워하는 우리를 보고 그곳 역시 너무 더워 점심시간이 길다고 한다. 또한 정부에서 40도가 넘게 되면 모든 행정업무를 중지시키도록 했는데 계속 40도가 넘게 되니까 그다음부터는 공식적인 발표는 항상 39° 5부를 넘지 못하게 일기예보를 한다고 한다.

서안을 수도로 한 섬서성은 지리적으로 역사상 모든 왕조가 차지하려 했던 중국의 중심지이다. 그리고 비단길의 동쪽 기점이 된다. 생사와 각종 직물들이 모두 이곳에 집결한 다음 수천 리 먼길을 떠났던 것이다.

나로서는 서안이 두 번째 방문인데 여전히 아침 출근길의 자전거 대열은 대단하다. 그러나 지금은 자동차가 훨씬 늘어 특히 'ALTO'라는 붉은색 소형 택시가 거리를 많이 누비고 있다.

길을 건널 때도 여전히 사람들은 차에 신경을 쓰지 않고 천천히 지나갈 뿐이다. 그래도 네거리에는 신호등에 숫자가 붙어 있어 자동적으로 30초에서 카운트다운 되어 3, 2, 1초 되면 즉시 다른 신호등으로 바뀌면서 교통법규를 지키게 한다.

호텔에서 다음 목적지를 향해 짐을 챙겨 버스를 탔다. 안내양이 뒤따라 타면서 우리 일행 중 몇 호실 방에서 옷가지를 방에다 두고 나왔다고 알려준다. 혹시 방 청소 아가씨가 훔친 것이 아닌가를 확인하는 듯 철저하다. 반대로 컵을 깨트렸다고 돈을 내놓으라기도 했다.

아침 일찍 출발해 달리다 보면 광장에서 많은 시민들이 모여 있음을 보게 된다. 춤과 운동을 하는가 하면 검도, 서도는 물론 외국어도 광장에서 배울 수 있다고 한다. 어디를 가도 광장문화가 잘 발달되었음을 볼 수 있다.

천수에서 밤 9시 출발해 난주를 향해 밤새 기차는 달렸다. 열차 안의 보온병은 옛날 그대로의 장소에 있으나 객차는 훨씬 깨끗해졌다. 새벽 6시쯤 내릴 준비를 하는데 역무원 아가씨들이 바쁘게 베개 커버랑 이불 천들을 먼지를 날리며 앗아 간다.

난주가 성도인 감숙성은 실크로드의 주요 통로로, 역사상 동서 문화교류라는 의미 있는 역할을 담당해 왔다.

난주시 큰길에서 대학생들이 머리 끈을 매고 열심히 구호를 외치고 있다. 올림픽 개최국이 된 것을 축하하기 위해 북경에서부터 성화봉송 퍼레이드를 계속해 오고 있다는 것이다.

안내양도 조선족 2세로 바로 난주대학원생이라고 무척 신명나 설명을 한다. 장학생이라 학비는 없으나 방학 때 아르바이트로 관광안내원이 됐다고 한다. 우리가 처음이라며 한국말이 서툴다. 주위를 설명하면서 밤이면 야경이 더욱 멋지다며 공원에서는 밤에는 남녀가 활동(데이트)을 한다고 한다. 또 다음 목적지를 설명할 때 지금부터 2시간 좌우 걸린다고 해 우리는 전후란 말을 쓴다고 했다. 그때부터 열심히 우리 식으로 설명하려 애쓰는 모습이 마치 우리 가족 같다. 말끝마다 수긍할 때 "옳아요"해서 우리는 "맞아요" 한다고 했더니 역시 "맞아요"로 계속 표현한다. 대신 우리가 "옳아요"를 사용하게 되어 웃음꽃이 버스 안을 채우기도 했다.

서북부를 향해 버스로 계속 몇 시간씩 달리는데 그곳 특산물인 참외와 함께 과일들을 많이 사 먹게 된다. 수분이 많고

당도가 높아 즐겨 먹는데 그러다 보니 화장실 이용이 잦아졌다. 우리가 숙박하는 호텔 외엔 모두 외부 화장실을 이용하게 되는데 그게 참 힘들었다. 벽과 지붕은 있지만 옆사람과의 경계가 어깨 정도 높이밖에 안 되는 것은 그런 대로(?) 참을 수 있다. 그런데 불안정한 나무 발판 아래 변이 올라와 있는 것이 그대로 보이고 침과 더러워진 휴지가 사방 바닥에 널려있다. 밖에서부터 발걸음을 알맞게 밟고 들어가기 위해서는 대단한 기술이 필요한 것이다. 지독한 냄새와 파리가 한데 어우러져 입구에서 전체를 한번 살피고는 심호흡을 하고 행동개시에 임한다. 최대한 호흡 조절을 하고 밖으로 나오자마자 40도의 외부 열기를 향해 숨을 크게 토해낸다. 그것도 입장료를 내면서 말이다.

비단길의 주요도시 장액시의 서남쪽으로 우뚝 솟은 기련산이 있다. 그 북쪽 기슭 일대에서는 어디서나 백설이 덮인 산봉우리를 볼 수 있다. 함께 광활한 초원도 볼 수 있다. 흰 학이 날다가 대지 위에 내려앉은 듯한 그 초원이 바로 유목으로 살아가는 유고족의 집이다.

유고족은 남녀할 것 없이 모두 춤과 노래를 잘한다. 구비문화도 매우 풍부하다. 역사상 서사 · 노동가요 · 애정가요 등

한 마리 학처럼

많은 민가를 생산해 왔다.

그림같이 아름다운 숙남 초원에 들어서면 어디서나 은쟁반에 옥구슬 굴리는 간드러진 소리 아니면 우렁찬 노랫소리를 함께 들을 수 있다. 자유로운 유목생활이 청춘 남녀에게 서로 가까워지고 사랑할 수 있는 환경을 마련해 주는가 보다.

유고족은 손님을 무척 좋아한다. 소수민족 중 가장 특색 있는 전통의상으로 우리를 천막 안으로 안내했다. 우유차를 마시고 손으로 양고기를 먹고 꽈배기 과자를 먹고는 쌀보리술을 마셨다. 춤과 함께 노래를 부르는데 너무나 청아해 천상의 소리가 이런 것이 아닌가 싶다. 우리의 삶과 너무나 다른 세계가 공존해 있다는 매력을 느끼면서 아직도 내 귓가에는 그들의 옥구슬 소리가 그대로 머물고 있다.

이제 돈황이다. 위치상 비단길 하서 서쪽 끝 목구멍에 해당하기 때문에 고대에 서역으로 가는 여러 길은 모두 돈황으로 몰려들었다. 동서양의 문화가 합쳐지는 곳, 돈황인 것이다.

여기서 명사산 얘기를 해야겠다.

사람이 오르면 소리가 나고, 밟고 다니면 허물어졌다가 바람이 불면 어느 샌가 다시 원래 모습대로 되돌아간다는 명사산! 돈황시의 동쪽 막고굴에서 시작하여 서쪽 당하구에 이르는 약 40km의 길이다.

그 옛날 어떤 장군이 군대를 이끌고 원정에 나섰다가 도중에 이곳에다 군영을 쳤다. 그러나 밤사이에 광풍이 몰아쳐 황사가 하늘을 덮고 군용의 병사들을 덮쳐 모조리 모래 속에 파묻히고 말았다. 단 한 사람도 살아 남지 못했다. 그날 이후로 산에서는 늘 북과 호각 소리가 들려왔다고 해서 이 산을 '鳴沙山'이라 불렀다던가……

요즘도 나는 가끔 고깔 모양의 그 사막을 생각한다. 밀가루처럼 가는 입자의 황색 모래가 쌓인 그 모래산을 낙타 등에 의지하며 오르던 그 신비함, 황홀감을 잊을 수 없다. 사막은 그냥 지구의 몸뚱어리가 아닌, 어떤 정신과 영혼이 담겨 나에게 다가온 것이다.

오직 모래와 하늘이 맞닿는 곳에서
나그네는 길을 만들며 다녔네
꿈을 만들며 다녔네
그 이름 비단길이라네.

먼 옛날 혜초 스님은 이역만리 실크로드로 맨발의 순례를 떠나 끝내 돌아오지 못했다. 숨낳은 순례승과 사절단, 상인, 유학생 등 우리 선조들은 목숨을 건 선각정신으로 돌아오지 못할 길을 개척해 나갔다. 그들은 흰 뼈를 이정표로 세워둔 채 지금도 우리를 부르고 있는 것 같았다. 낮 기온이 40도를 넘고 지열마저 대단해 50도를 웃도는 한낮을 피해 해거름 때 명사산에서 맨발로 몇 번 딩굴고 나니 주위가 꽤 어두워졌다.

명사산으로 둘러싸인 곳에 월아천이 있다. 그 모양이 초승달과 너무 닮았다 해서 붙여진 이름이다. 물은 짙은 푸른색에 거울처럼 맑아 모래바다 가운데 한 알의 빛나는 보석이 모래산 계곡 깊숙이 박혀 있는 것 같다. 광풍이나 폭풍이 불어도 샘은 모래에 덮이지 않았으며 수천 년 세월 동안 마르지도 않았다니 그저 신기할 뿐이다.

날이 어두워 제대로 그 모습을 못 보고 일부분 앞에서 우리는 발아래 월아천 대신 머리 위 하늘을 봤다. 초승달 아닌 그믐달 속에 퍼져있는 수많은 별들은 꼭 나를 휘감고 있는 것 같았다. SF영화처럼 나는 별들과 동무가 되어 어울리고 있었다. 북두칠성이 왼손에 들어올 것 같고, 은하수는 오른손에 잡힐 것 같다. 별똥이 저 멀리서 쏟아지고 있다. 서로 환호성을 지르며 활갯짓을 해 본다. 이 얼마나 오랜만에 잡다한 일상생활에서 풀려나 일탈의 자유를 몸껏, 마음껏 만끽해 보는 순간인가.

명사산을 오를 때 낙타 가슴에 붙혀진 번호표를 기억해야 한다. 어두워 보이지 않아도 내 번호의 낙타를 찾아 다시 타고 출발점으로 가는데 낙타들은 조금도 거부하지 않고 묵묵히 순응한다. 나는 낙타의 눈이 너무나 맑아 가슴이 찡해 온다. 뜨거운 모래바람만 불어올 뿐 사방 어디에도 낙타를 편안하게 해줄 행복 조건이 없다. 그저 낙타들은 주인의 명에 따라 하루에도 수십 번씩 손님들을 태워 나르는 중노동에 시달리기만 하는 것이다.

낙타의 주인처럼 내게도 이기와 과욕으로 가득 찬 현실을 생각해 보게 된다. 누구의 인생이든 그 안에는 욕망과 함께 황량한 사막을 안고 있을 것이다. 사랑과 이해, 용서의 부재가 모래산만큼의 덩어리로 존재해 있을 것이다.

신기루는 찬란하게 아름다우나 가까이 다가서면 사라져 버리고 없다. 사막에서 신기루를 경험하게 되면, 우리의 욕망이 그 얼마나 헛된 것인지를 잘 알 수 있을 것이다.

돈황에서 다시 밤차로 달려 다음날 새벽 투루판에 도착했다. 조금은 시원해진 날씨다. 신강 유오이자치구는 중국 서북

변경에 위치해 있다. 비단길은 여기서 서아시아 지역으로 이어지게 된다. 중국의 1/6이라는 광활한 땅에 적은 인구, 그러나 수많은 소수민족이 모여 사는 인종전시장이라고 부른다. 주위에 몽고, 러시아, 카자흐스탄, 파키스탄, 인도 등 여러 나라와 국경을 접하고 있다. 간판도 한자와 아랍어를 함께 병기하고 있어 중국 아닌 다른 나라에 온 것 같다.

천산은 아시아 대륙 최대 산줄기의 하나다. 도도한 천산은 중국 초대의 빙하구로 여러 산봉우리가 신강 중부를 휘감으며 둥지를 튼 채 신강의 상징이 되고 있다. 가장 서쪽에 위치한 탁목의 봉우리는 해발 7,435m로 천산의 최고봉으로 천년만년 녹지 않는 은빛을 반짝이고 있다.

대자연의 조화와 걸작이란 바로 이런 것을 두고 하는 말인가. 실크로드하면 천산을 생각하게 되며 실크로드의 증인이며 또한 대자연에 살아있는 온갖 생명의 아버지다.

천지는 천산 박결달 설봉의 산허리에 박힌 듯 자리잡고 있다. 우루무치에서 고산의 얼음이 침식하고 쌓여서 이루어진 호수다. 호수는 맑고 푸르며 사방이 산으로 둘러싸여 있다. 가문비나무가 빽빽이 들어차 있고 푸른 풀들이 산등성이를 덮고 있다. 호수 남쪽은 사계절 내내 녹지 않는 눈이 쌓여 있는 봉우리들이 구름 사이로 우뚝 솟아 있다.

새하얀 얼음 봉우리와 흰 구름, 그리고 눈 덮인 호수면에 거꾸로 거울처럼 그 모습을 비치면 바로 선계에 와 있는 듯한 경이로움에 빠진다.

옛날 3000여 년 전 서주에 군주 목왕이 서쪽으로 순시를 나갔다가 천지에서 서왕모를 만나 흡족한 대화와 정을 나누었다 한다. 서왕모는 성대한 연회를 베풀어 서로 노래를 주고받으며 3년 뒤 다시 이곳에서 만나기로 약속했다는 전설이 있다.

언제까지나 한 지역에서 여름과 겨울이란 상반된 두 계절이 함께 하는 천지에서 서왕모가 노닐던 모습을 상상하며 얼음이 녹아 흘러내리는 개울에 땀에 젖은 내 손을 담가 본다.

차갑도록 시린 물에 덕지덕지 앉은 오만과 불신의 때를 없애려는 듯 세게 문질러댔다.

남한 땅의 100배 크기라는 중국!

우리를 인솔한 코디네이터는 여행 전 미리 자세한 설명과 함께 그 척도를 벗어날 줄 아는 안목이 필요하다고 일러줬다.

이번에도 서안의 비림박물관을 시작해서 우루무치 남산의 유목지역에 이르기까지 셀 수 없는 명승고적들을 돌아봤다.

한 마리 학처럼

어디를 가도 언제나 똑같은 느낌은 그 웅장함과 방대함에 있었다.

코디네이터가 강조한 참뜻을 알아차렸지만 현장 앞에서 우리는 열린 입이 닫혀지지 않았다. 거기에는 보이지 않는 더 큰 넓이와 크기를 갖고 세계를 짓누르고 있다.

공권력이 민간보다 우세한 '닫힌 사회'에서 몇 번의 여행을 통해 이제 개인의 자유와 창의성이 존중되는 '열린 사회'를 지향하고 있는 모습을 보게 됐다.

실크로드의 끝자락인 우루무치에서 우리는 서안으로 가는 중국 서북 항공기에 몸을 실었다. A4 복사지 크기의 창문에서는 바로 발 아래 천산이 내려다보인다.

천상에서 보이는 천산! 거기에는 거대한 흰 띠처럼 눈 덮인 설산이 마치 눈인 듯 구름인 듯 길게 가로누워 있다.

나는 조용히 안녕을 고하고 천산은 조용히 그리움을 올려 보내고 있다.

저녁이 있는 삶을 위하여
열아홉 번째

내 딸 보아라

나는 딸에 대한 어머니의 바람이 무엇인지 너무나도 잘 알고 있었기에 편지를 자주 보냈으며 어머니 또한 그 틈새를 주지 않으려는 듯 답장을 주셨다. "내 딸 보아라"로 시작한 어머니의 옛 글씨체 편지를 나는 아주 익숙하게 읽어 내려갔다. 그저 장성한 딸이건만 물가에 내놓은 아이처럼 조마조마하신 것이다.

내 딸 보아라

오월의 하늘은 마치 이제 막 눈에 안약을 넣고 난 뒤처럼 깨끗하고 선명하다. 교정의 연초록과 진초록의 푸르름 또한 눈에 싱그럽다. 혼자서 책을 읽거나 혹은 여럿이서 모여 앉아 담소하고 있는 학생들의 모습은 푸른 잎 속에 박힌 그대로의 꽃이다. 배꽃들이다.

오월에 태어난 이화여대는 해마다 여러 가지 모임을 가진다. 오늘도 나는 한 모임에 참석하기 위해 이화동산을 지나면서 거기에서 옛날의 내 모습을 바라본다.

한 마리 학처럼

내 고향은 대한민국 제2의 도시, 거대한 국제항이 있는 부산이다. 처음 내가 이화여대 지망을 꿈꾸고 있음을 안 주위 친척들은 팔짝 뛰었다. 부산에도 좋은 국립, 사립대학이 있는데 다 큰 처녀를 혼자 하필이면 그 사치스럽기로 유명한(?) 이화대학교에 보내겠느냐는 것이다.

전쟁의 참화에서 겨우 조금씩 벗어나던 1950년대 중반인 그때의 사회는 불안과 불투명의 도가니였다. 남자들도 대학교에 많이 가지 못할 때였다. 하물며 여자라면 그저 여학교만 나와 살림살이나 하든지 또는 직장 다니다가 적당한 때에 시집을 가는 것이 보통이었다. 부산에서라도 대학을 다니는 것은 대단한 일이었다.

그런데 하필 그때 또 1955년 유월, 박인수 사건이 터졌다. 전쟁 직후 미군문화를 통해 양춤 바람이 불어 해군 대위를 사칭한 박인수가 처녀들을 일 년 동안 70여 명이나 농락한 엽기적인 대사건으로 온 나라가 술렁댔다. 물론 상류층 여인도 많았지만 여대생이 대부분이었다.

나는 분통이 터져 그 사건이 나와 무슨 관계가 있느냐고 화를 냈다. 어머니는 5남매를 두셨다가 일찍 셋이나 잃었으므로 자연 오빠와 나를 무척 사랑하셨는데 특히 나를 옆에 두고 싫어하셨다. 서울에 있는 것은 부산에도 다 있다며 어머니 역시 부산에서 다니길 원하셨다.

나는 왜 그토록 이화를 가고 싶어했을까? 서울이란 대도시에 대한 호기심도 대단했지만 김활란 총장님에 대한 존경심이 그대로 이화를 짝사랑하게 만든 것 같다.

숲속에 우뚝 솟은 고풍스런 본관의 위용과 한복을 곱게 입고 여러 학생들에게 둘러싸여 웃고 계신 김활란 총장님의 우아한 모습은 나를 사로잡기에 충분한 것이었다.

한동안 대한 진학 문제로 힘든 시간이 흐를 때 오빠가 내편이 되어주었다. 어디에 가도 자기 할 탓인데 동생인 나를 믿는다는 것이다.

사실 어머니도 평소에 "말은 태어나면 제주도로 보내고 사람은 서울로 보내야 한다"는 얘기를 하셨던 터라 내 소원을 들어주실 마음이 되어 있기는 했다. 또한 이미 이화대학이 여자 대학으로는 한국에서 최고라는 생각까지 갖고 계실 만큼 세상 돌아가는 이치에 밝으셨다.

우리집은 가게가 여럿 달린 큰 집으로 대로변에 위치하고 있었다. 경제적으로는 지장이 없었지만 남자인 오빠도 어머니 곁에서 부산에 있는 대학교에 다니는데 여자인 내가 말썽을 피우고 있는 것이다.

어머니는 일반 대학보다 비싼 이화여대의 등록금에다 나의 생활비까지 감당해야 할 처지에 놓이게 되셨다. 오빠는 어렵사리 모은 저금통장을 털어 그 돈을 나에게 살짝 건네주면서 요긴할 때 쓰라고 했다. 이렇게 해서 나는 1956년 꿈에도 그리던 이화여대 문리대 국문학과의 여대생이 된 것이다.

지금은 수없이 많은 건물이 들어섰지만 1950년대 후반의 이화여대는 녹음이 우거진 숲속에 고딕식 건물을 현대화한 회색 화강암의 본관을 비롯하여 대강당, 중강당, 체육관 그리고 본관 위로 기숙사들이 알맞은 거리에 위치해 우리는 부지런히 수업시간표대로 이 건물, 저 건물 사이를 헤집고 다녔다.

한가한 시간에는 운동장이 내려다보이는 교정에서 플레어 스커트를 공작새처럼 펼치고 앉아 친구들과 수다를 떨거나, 혼자 어머니에게 보낼 편지를 쓰기도 했다. 나는 딸에 대한 어머니의 바람이 무엇인지 너무나도 잘 알고 있었기에 편지를 자주 보냈으며 어머니 또한 그 틈새를 주지 않으려는 듯 답장을 주셨다. "내 딸 보아라"로 시작한 어머니의 옛 글씨체 편지를 나는 아주 익숙하게 읽어 내려갔다. 그저 장성한 딸이

건만 물가에 내놓은 아이처럼 조마조마하신 것이다. 사실 나는 해수욕장이 많은 부산에서 살았지만 수영을 못한다. 어머니의 애절한 내용은 마치 연인처럼 가슴에 다가와 지금도 가끔 그 편지 묶음을 모아 두지 못했음을 후회한다.

그 시절엔 특급 열차인 통일호가 생긴 지 얼마 안 되고 완행이 있었는데 방학 때가 되면 친구들과 함께 값이 싼 완행 열차를 이용했다. 석탄을 이용하는 증기기관차인데 칙칙폭폭 가쁜 숨을 몰아 쉴 때마다 검은 연기를 뿜었다.

여름방학에는 더워서 창문을 열라치면 인정사정없이 미세한 검정 탄가루가 얼굴이나 흰 블라우스를 덮치는 것이다. 밤새 헉헉거리며 달리다가 새벽에 부산역에 내릴 때쯤 우리는 얼룩진 서로의 얼굴을 바라보고 한없이 웃었다. 그리고는 자연스레 손수건에다 침을 발라 서로의 거울이 되어 닦아 주곤 했던 것이다.

그 뒤에 나는 한때 가정교사를 했는데 한 학생의 학부형이 마침 통일호의 여객 전무였다. 완행열차를 벗어나지 못하던 학창 시절에 그다음부터는 재벌 딸처럼 제일 비싼 일등 침대 칸을 이용하게 되어 호사를 부리기도 했다.

우리는 배꽃 모양의 대학교 뱃지와 학과의 배지까지 두 개씩 왼쪽 가슴에 훈장처럼 나란히 달고는 가슴을 펴고 자랑스레 시내를 누볐다. 그 당시엔 기성복은 전혀 없었고 오직 맞춤복뿐인데 서울 올 때 양장점에서 투피스를 비롯해 몇 가지 옷을 비싸게 맞추어 준비했었다. 처음 한동안은 새 옷을 뽐내며 입고 다녔으나 멋쟁이 서울 친구들은 남대문 시장의 구제품 의류를 사서는 몸에 맞게 고쳐 입고 다니는 게 유행이었다. 아무거나 입어도 예쁘게 보이던 대학시절이었지만 그게 더 멋져 보여 그 뒤로는 나 또한 남대문 시장을 이용했다.

그런데 총장님은 물론 여러 교수님들이 양장보다 통치마 한복을 잘 입고 다니셨다. 우리 역시 5월의 여왕 대관식 때 모든 학생들이 한복을 입고 매스게임을 하여 더욱 그 자리를 이채롭게 했다. 흰색 바탕에 녹색 배꽃 무늬가 있는 이 한복을 입고 대강당에서의 채플 시간에도 모였고 나풀거리며 시내에도 삼삼오오 떼를 지어 돌아다녔으니 별세상에서 온 처녀들처럼 요란을 떨었다.

김활란 총장님은 특강을 가끔 하셨다. 제각기 전공과목을 잘 살려 졸업 후에도 사회 각 분야에서 최고의 여성이 되어 이화를 빛내라는 말씀이었지만 재학 중에도 좋은 상대가 있으면 꼭 졸업을 고집하지 말라고 하셨다. 총장님처럼 혼자 사는 게 좋은 것이 아니라는 요지였다.

　그래서일까 아니면 모든 게 부족했던 시절이어서 중퇴생이 많았다. 새 학기가 되면 정 들었던 친구 얼굴을 몇 명씩 찾아볼 수 없게 되는 것이다. 나와 동고동락했던 친구도 중퇴하고는 곧 결혼을 한 것이다. 짐을 챙기면서 너는 꼭 졸업을 해야 된다며 중퇴를 못내 아쉬워했다.

　앞으로는 여자라도 많이 배워야 할 세상이 올 것이라며 아무리 힘들어도 딸은 꼭 졸업을 시킬 거라며 졸업을 못하고 도중하차하는 불상사를 자초하는 행동을 해서는 안 된다고 다짐을 받으셨다. 목돈 마련을 위해 당시에 유행하던 계를 몇 개씩 들었는데 막판에 계가 깨지는 바람에 손해를 보고 크게 상심하셨다. 그래도 내 교육비는 제때에 우체국으로 송금해주시곤 했다. 나도 근검절약하면서 긍지를 가지고 대학생활을 마쳤다.

　그 후 오랫동안의 직장생활을 하면서 나는 가끔 회의에 빠질 때가 있었다. 지금의 내 모습이 과연 어머니가 바라시던 것일까? 화통하신 어머니의 속마음을 헤아리지 못했다는 느낌이 들 때가 많다.

　내 손은 시계의 초침을 마음대로 돌릴 수 있지만, 내 인생

한 마리 학처럼

의 바늘은 어쩔 수 없음을 잘 안다. 이제 애타게 무엇을 따지고 캐물을 나이가 아닌 것이다. 봄이 되어 꽃이 핀다고 기뻐웃을 일도 아니고, 가을이 되어 잎이 진다고 슬퍼할 일도 아닌 나이 말이다. 오월의 하늘은 푸른색도 아니고 하늘색도 아닌 이상한 꿈의 색깔이 되어 교정을 활보하는 내 손녀 같은 학생들의 머리 위로 쏟아지고 있다.

저녁이 있는 삶을 위하여
스무 번째

고려대 문인회의 초대

고려대 김병총 문인회장님의 경상도의 구수한 환영사에 이어 이
대 정연희 문인회장님의 답사를 들으며 버스는 계속 달린다. 11시
가 지나 삽교 함상공원에 도착해 노진덕 함장님의 안내로 군함을
관람하게 되었다. 함장 자신의 부인도 이화여대 출신이라며 더욱
반기고 우리는 함상카페에서 차까지 대접받았다.

고려대 문인회의 초대

8월의 끝에 있었는데도 아직 낮에는 더위가 마치 강력접착제나 된 듯 피부에 착 달라붙어 여간 기분 나쁜 게 아니다. 그런데 오늘은 아침부터 종일 내내 비다.

서둘러 나와 집합장소인 서초구민회관 앞에 와보니 주위에는 아무도 보이지 않았다. 제일 먼저 도착한 것이다. 빈 버스에 요란하게 두른 '고려대 하계 창작 수련회'란 큰 띠를 보는 순간 쑥스러움에 자판기에서 커피를 뽑아 들고는 밖을 내다보면서 시간을 죽이고 있었다. 8시 20분쯤 나와 버스에 올라

몇몇 회원들과 반갑게 인사하고는 뒤쪽에다 자리를 잡고 앉았다.

고려대 김병총 문인회장님의 경상도의 구수한 환영사에 이어 이대 정연희 문인회장님의 답사를 들으며 버스는 계속 달린다. 11시가 지나 삽교 함상공원에 도착해 노진덕 함장님의 안내로 군함을 관람하게 되었다. 함장 자신의 부인도 이화여대 출신이라며 더욱 반기고 우리는 함상카페에서 차까지 대접받았다.

오후에는 김좌진 장군과 만해 생가를 방문하고 초저녁에 드디어 대천 해수욕장에 도착하여 고려대 수련관에서 방 배정을 받고 1시간 후 식당에 모이기로 했다.

식당에 모인 우리는 저녁 세미나에 우아한 모습으로 나타난 정연희 회장님의 발표를 들었다. 고대 김병총 회장님의 파격적인 이 행사 초대에 응하기까지의 배경과 고심을 피력하였다.

양측 참가자 회원들의 멋진 화술의 자기소개가 있자 훨씬 친근해진 기분으로 저녁을 먹기 시작했다. 포도 상자와 술상자가 이미 자리를 차지해 있어 더욱 즐거웠다.

나는 처음 구기주 맛을 봤다. 칡맛 같기도 한 이 구기주는 한약 냄새가 나지 않아 별 거부감 없이 마시게 된 것이다. 2차로 노래방에서 노래경연이 있었고, 3차로 다시 해변으로 자리를 옮기며 파티는 계속되었다. 과연 안암골 호랑이답게 그들은 알코올 농도가 10%의 이 구기주를 상자째 먹어 치우는 듯했다.

이튿날 오전에는 보령의 김공장을 견학하고 선물도 한 아름 받고는 칠갑산의 장승공원에 들렀다. 햇빛이 숨어버린 하늘은 얼굴도 타지 않아 내가 제일 좋아하는 날씨다. 그때 서울에서 온 휴대전화에서 서울에는 비가 억수로 퍼붓고 있다는 내용에 우리는 더욱 복 받은 여행이라고 재잘거리며 다녔다.

그 뒤 정연희 회장님의 친구분이 경영하는 호텔이 있는 무창포로 향하기 위해 고대 회원들과는 시한부 이별을 해야만 했다. 우리끼리 탄 버스 속은 어떤 해방감에서 더욱 결속된 기분으로 내밀한 얘기까지 해가며 수다는 끊이질 않고 무창포까지 이어졌다. 아마 고려대 회원들의 기분도 지금 우리와 같을 것이다. 아니 어쩌면 더 편안할 것이다. 우리를 초대해 챙겨야 할 입장이니 말이다.

무창포는 대천보다 훨씬 작고 조용하다. 이옥윤 선배님이 우리를 반갑게 맞이하고 고대 수련관보다 훨씬 고급인 호텔에 들어갔다.

저녁식사로 무창포 해변가에서 선배님과 함께 모듬 조개구이를 신나게 맛있게 먹을 때 회장님의 휴대전화가 울렸다. 지금 이은집 사무국장의 고향집에서 단고기를 먹기 위해 밭에서 고추를 따고 있다면서 우리들의 근황을 물었다. 순간 오묘한 조화가 뒤바뀐 느낌이 들었다.

무창포 모텔 지하 찜질방에서는 모두 똑같은 옷을 입고 타월을 머리에 두른 채 벌겋게 달아오른 얼굴로 서로 우스갯소리를 해 배꼽을 잡고 뒹굴면서 두 번째의 마지막 밤은 깊어만 갔다. 셋째날 아침에 양측 회원들은 짧은 시간에 만남의 기쁨과 이별의 슬픔을 겪고 다시금 재회가 이루어졌다.

우리를 실은 버스가 곧장 대천 냉풍욕장으로 향해 달렸다. 바깥 날씨와는 상관없이 마치 인공냉풍기를 우리를 향해 틀어놓은 듯 사철 자연 바람이 이토록 시원하고 산뜻하게 불어대다니 희한하다. 사실 오지중의 오지겠지만 사방이 산으로 둘러싸여 아주 먼 곳에 와 있는 고즈넉함을 느끼며 그곳에서 먹어보는 송이버섯 맛 또한 일품이었다. 양껏 먹기 힘든 비싼 송이버섯을 맛있게 먹고는 아쉬운 충청도 명물을 뒤로하고 서울을 향한 버스에 올라야 했다.

　서울에 도착해 맨 먼저 우리를 맞이한 것은 비였다.

　이 여행의 끝에 무엇이 기다리고 있는지는 모르지만 그래
도 우리는 자연에서 자신을 찾고 싶어하는 같은 글벗임에는
틀림없는 것 같다.

한 마리 학처럼

저녁이 있는 삶을 위하여
스물한 번째

옛 직장동료와 함께하는 인생 이모작

회원 중에는 퇴직 후에도 전공을 살려 대학이나 연구실 또는 자기 사업 등으로 노익장을 과시하는 회원들이 있는가 하면 서울을 떠나 전원생활을 하면서 인생 이모작을 하는 분들도 더러 있다. 어디에서 무엇을 하든 공직에 매여 하지 못했던 일들을 은퇴 후에 하고 싶은 일을 하는 모습은 새로운 자유였을 것이다

옛 직장동료와 함께하는 인생 이모작

2012년 1월, 전직 국회 직원들의 모임은 한국의정연구회가 신년 인사를 겸해 총회를 열었다. 참석한 회원들의 모습은 한결같이 밝았고 삼삼오오 모여 덕담을 나누며 그동안의 안부를 묻기에 바빴다. 지인들의 근황과 자식 얘기 등으로 마치 개학을 맞은 초등학생들이 지난겨울 얘기를 하듯 이곳저곳에서 둥근 원을 만들고 있었다.

한국의정연구회는 회비를 납부한 회원 수만도 400명이 넘으니 보통 큰 조직이 아니다. 회원들도 짧게는 몇 년, 길게는 몇십 년을 한 울타리 속에서 한솥밥을 먹고 있으니 비록 현역 시절 소속은 달랐어도 서로의 친밀감은 가족 못지 않다. 금년 총회에는 강천구 회장의 임기 만료로 이승훈 회장이 신임 회장으로 선출되었다.

회원 중에는 퇴직 후에도 전공을 살려 대학이나 연구실 또는 자기 사업 등으로 노익장을 과시하는 회원들이 있는가 하면 서울을 떠나 전원생활을 하면서 인생 이모작을 하는 분들도 더러 있다. 어디에서 무엇을 하든 공직에 매여 하지 못했던 일들을 은퇴 후에 하고 싶은 일을 하는 모습은 새로운 자유였을 것이다.

한국의정연구회는 1984년 국회 공무원 퇴직자 동우회로 창립된 '국우회'로 시작된 뒤 그 후 명칭이 몇 번 바뀌었다. 설립 목적은 퇴직자들의 모임인 만큼 회원 상호 간의 '친목도모'와 '상부상조'하여 유대를 공고히 하기 위함이었다. 지금까지 권효섭 회장, 이기곤 회장, 강천구 회장까지 헌신적인 노력으로 국회산하법인 연구 단체로까지 발전하기에 이르렀다. 게다가 의회 전문학술지 '의정논총'이 발행됨으로써 명실공히 한국의정연구회가 다시 한번 새로운 면모를 갖추게 되었다.

초대 권효섭 회장은 퇴직자의 성격에 걸맞게 건강 증진에 뜻을 두어 회원들을 자신이 운영하는 등산학교로 자주 초대해 산행을 많이 했다. 이기곤 회장은 회원들의 친목도모를 으뜸으로 생각해 국내외 여행을 많이 가져 멋진 추억을 안겨주었다. 다음 여행지는 어디가 좋을지 추천을 해달라고 하면서 만남이 자주 이어지다 보니 자연 직원 간의 우의도 돈독해 졌다.

강천구 회장은 사회교육사업에 뜻을 두어 꿈나무회의교실을 운영해 서울은 물론 멀리 강원도, 경상도, 충청도, 전라도와 제주도까지, 또한 초등학교에서 고등학교까지 전국을 누비며 미래 대한민국 일꾼들의 나라사랑 정신을 고취하는데 몰입했다. 이렇듯 각 회장들은 그때그때 시대에 맞는 사업을 추진해 발전을 이어갔다.

해가 갈수록 건강에 자신이 없어짐과 동시에 주위 동료들의 숫자가 줄어드니 외로움이 밀려오기도 한다. 이번 총회에도 몇몇 낯익은 회원들의 모습이 보이지 않아 마음이 섭섭했고 지난해는 9명의 회원이 곁을 떠났다. 인생의 젊은 날들은 훌쩍 가버리고 남은 여생은 건강이 허락할 때까지 고마운 마음으로 유쾌하게 보내야 한다는 것이 바람의 전부다.

저녁이 있는 삶을 위하여
스물두 번째

한번 동료는 영원한 동료

세상을 떠난 회원의 가족이 명예회원으로 추대돼 그 빈자리를 채워주기도 한다. 한번 회원은 가족까지 이어지며 영원한 회원이 되니 이 또한 기쁘지 않은 일이겠는가. 먼저 떠난 회원 가족들과 얘기를 나눌 때면 추억이란 이런 것이며 나이 들면 남는 것은 추억뿐이라는 말이 되새겨진다.

한번 동료는 영원한 동료

　회원들의 모임은 소박하다. 우리들은 재직 때와 마찬가지로 골프, 테니스, 바둑, 등산, 역사문화 유적지 탐방 등에 동참해 활기찬 노후를 보낸다. 그중에서도 등산과 역사문화 유적지 탐방은 장소를 달리해 동서남북을 누빈다. 매월 한 번 있는 등산 날에는 15명 안팎이 모여 북한산에서 소요산, 때로는 더 멀리 있는 산까지 두루 산행을 하는데 계속 능선으로 가다가 좋은 장소에서 휴식 시간을 가진다. 사계절 산을 오르며 봄이면 진달래에 반하고 여름이면 따가운 햇살에 젊은 시절을 떠올린다. 가을이면 결실을 노래하고 겨울이면 모든 것을 버린 나목(裸木)에서 은퇴한 스스로를 돌아보기도 한다.

원주, 분당, 남양주, 일산 등 멀리서 오는 회원들은 새벽에 나서면서도 먹거리를 배낭 가득 챙겨와 정을 나눈다. 집에서 담근 색색의 과일주는 물론, 외국 여행길에 회원을 위해 일부러 샀다며 귀한 술병을 꺼내 보이기도 한다. 하늘 아래 높은 곳에서 별식과 함께 한두 잔 마시는 술이 바로 불로장생주 아니겠는가?

세상을 떠난 회원의 가족이 명예회원으로 추대돼 그 빈자리를 채워주기도 한다. 한번 회원은 가족까지 이어지며 영원한 회원이 되니 이 또한 기쁘지 않은 일이겠는가. 먼저 떠난 회원 가족들과 얘기를 나눌 때면 추억이란 이런 것이며 나이 들면 남는 것은 추억뿐이라는 말이 되새겨진다.

최저 비용으로 국내외 여행을 하기도 하고 때로는 1박 2일로 산업시찰을 가기도 한다. 산업 현장에 들러 국가의 발전상을 볼 때면 국회에서 근무할 때 회원들이 다루었던 법안들이나 정책이 이렇게 결실을 맺었다는 생각에 가슴 뿌듯함이 밀려오기도 한다. 서로 그때 법안을 두고 벌였던 여야 간의 토론과 시대 상황을 얘기하며 시간을 잠시 젊은 시절로 되돌아가기도 한다. 해설자를 따라 다니며 설명을 듣고 질문을 하는 모습은 봄나들이 나온 유치원생 모습이어서 서로 마주보며 웃기도 한다.

　나는 퇴직자 모임을 친지들에게 자랑하기 바쁘다. 주위에서는 나더러 건강하고 젊어 보인다고도 한다. 활달하게 걷는 나의 뒷모습이 50대 같다고 한다. 앞에서 보면 70대가 분명할 테지만 말이다. 나이테가 어디 나무에만 있을까. 우리는 모두에게, 그리고 모든 것에 감사하면서 한해 한해 서로에게 어깨를 기대고 한국의정연구회의 발전을 지켜보고 싶다.

한 마리 학처럼

저녁이 있는 삶을 위하여
스물세 번째

역사와 함께한 우리 가족 이야기

여자는 약해도 어머니는 강하다고, 나의 어머니는 우리 남매를 자상하지만 엄하게 키우셨다. 허나 강해보였던 어머니도 우리가 없는 곳에서는 지극히 나약한 여인으로 눈물을 훔치며 한숨과 슬픔에 잠겨 있는 것을 많이 보아왔다.

많은 세월이 지난 지금에도 머릿속에 입력된 어머니의 모습은 지워지지 않는다.

역사와 함께한 우리 가족 이야기

만석꾼 집안의 셋째 아들로 1902년에 태어나신 아버지(박재삼)는 한학에 이어 신식공부를 하셨다. 1919년 동래 명정학교(현 금정중학) 재학 중 일본의 부당한 침략에 항거하여 자주독립을 목적으로 3월1일 서울 탑골공원에서 독립선언서가 만천하에 발표되었다. 이것이 한일합방 이후 온 겨레가 일본의 쇠사슬에서 벗어나고자 대항하게 된 것이다. 부산 동래에서도 3월 18일 장날에 범어사 스님들과 명정학교 학생들을 중심으로 시장통에서 태극기와 격문을 나누어 주며 만세를 외치며 시위하던 중 아버지는 일경에 붙잡혀 온갖 고문과 매질을 당했다. 많은 학생들이 몇십 년씩 형을 받아 감옥 생활을 했는데 당시 18세인 아버지는 대구 복심법원에서 미성년자로 2년 집행유예로 석방되었다. 할 수 없이 집안에서는 아버지를 일본 대판(오사카)으로 유학을 보내면서 파란만장한 아버지의 인생이 시작되었다.

아버지 나이 25세 어머니 17세에 결혼하여 나를 가운데로 5남매를 두셨으나 모두 잃고 오빠와 나만 남게 되었다. 그중에 생후 8개월 된 막내딸이 온몸에 열이 끓어 당황하신 어머니는 아기를 업고 동네 병원으로 갔으나 전쟁 중이라 동네 병원은 오직 일본 군인만을 받아 치료하는 때라 퇴짜를 맞고 다시 큰 도립병원으로 달려가던 중, 어머니의 등에서 아기는 팔다리가 점점 식어가 급기야 꼼짝도 않음을 느끼신 어머니는 땀범벅 눈물범벅이 되신 채 그 자리에서 발길을 돌리셨다고 했다. 나는 그날처럼 어머니가 대성통곡하는 기억을 그 후에는 보지 못했다. 어머니는 어찌하여 조국의 비극 앞에 또 바깥으로만 도는 남편 앞에서는 그저 순응만 했을 뿐 엄청난 그 고통을 그 슬픔을 안으로만 삼키며 지내셨을까? 그렇게도 다른 묘책은 없었을까?

1942년 태평양 전쟁이 날로 포악해져 세계정세를 미루어 보신 아버지는 일본의 최북단인 북해도의 탄광 노동자의 조선인 광부들의 고통을 알게 되자 뜻한 바가 있어 우리 가족은 대판에서 북해도(홋카이도)로 거처를 옮겼다. 아마도 아버지는 독립의 필요성을 절실히 느꼈으며, 라디오를 통해 정세 파악을 잘할 수 있었던 걸로 짐작된다. 아버지는 그곳 탄광노동자와 거주민들에게 태극기를 만들어 남몰래 배포하였고 또 문맹퇴치에도 힘을 쏟으며 끊임없이 독립운동을 하셨다.

　전쟁의 막바지에 일본의 만행이 극에 달하고 미군 폭격기 B29가 하루에도 수없이 하늘을 새까맣게 덮으며 굉음을 질러댔다. 우리는 공습경보가 울리면 미리 준비한 미숫가루와 물병이 든 배낭을 메고 지하방공호로 향했다.

　1910년 일제가 우리나라의 통치권을 빼앗고 식민지로 삼은 한일합병된 해에 태어나신 나의 어머니는 17살에 아버지를 만났다. 행복도 잠시 34살의 너무나도 꽃다운 나이에 벌써 5남매 중 무려 셋을 가슴에 묻었고 웃음 잃은 생활로 보냈다. 나라의 슬픔에다 가족의 아픔까지 그 운명을 오롯이 함께 하신 셈이다.

　여자는 약해도 어머니는 강하다고, 나의 어머니는 우리 남

한 마리 학처럼

매를 자상하지만 엄하게 키우셨다. 허나 강해보였던 어머니도 우리가 없는 곳에서는 지극히 나약한 여인으로 눈물을 훔치며 한숨과 슬픔에 잠겨 있는 것을 많이 보아왔다.

많은 세월이 지난 지금에도 머릿속에 입력된 어머니의 모습은 지워지지 않는다. 어쩌면 누구보다 지혜로워서 그렇게 묵묵히 순응하며 오로지 자식들을 지키고자 하셨을 게 분명하다. 언제 어떻게 될지도 모를 불안의 나날 속에서 제자리를 지키며 살아오셨다.

1945년 8월 15일 드디어 일본이 패망하고 해방이 되었다. 동포들은 앞다투어 가족들과 짐을 챙겨 고국으로 떠났다. 아버지는 정세를 지켜보며 관망을 하시다 어머니의 등쌀에 1946년 시모노세키에서 연락선을 타고 부산으로 돌아왔다. 그러나 현해탄의 거센 물결도 우리의 슬픔은 삼키지 못했나 보다. 일본의 모든 것을 버리고 오직 부모님은 자식들을 하나씩 끼고 가슴 부풀게 고향땅을 밟았으나 그리던 고향은 아니었다. 우리를 맞이한 친척들의 표정은 반가움과 원망의 눈초리가 함께 담겨 있었고 이미 대대로 이어온 대지주의 만석꾼 집도 아니었다. 일본의 강제공출로 거의 모든 농작물은 빼앗긴 상태로 아버지로 인해 요주의 집으로 지명되어 당당한 모습이 아니었다.

일본은 조선 고유문화의 말살, 경제적 지배의 철저화로 우리 민족이 다시 일어날 기반을 없애려 악랄한 정책으로 일관했기 때문에 고국에서의 새로운 삶을 펼칠 수 있는 기댈 언덕이 없었다. 역시 아버지는 정세를 정확히 아셨다. 집안에서는 아버지를 큰 인물이 되라고 공부를 시켰더니, 얼치기 독립군으로 뜻을 제대로 펼치지 못한 무능한 가장으로 실의에 빠진 채 허송세월하며 화병을 얻어 1950년 49세의 나이로 생을 마감하셨다. 내가 기억하고 있는 아버지는 대낮에도 커튼을 드리우고 골방에서 골똘히 생각에 잠기신 침통한 모습이다. 매일 일장기만 봐왔던 우리는 곡선과 직선의 오묘한 문양의 태극기에 가슴 깊은 울림을 받았다. 밤이면 오빠와 나는 아버지가 건네주신 태극기를 조선인 거주민들에게 조용히 전달하던 것이 한때 우리의 일이었다. 또한 영특하고 재주가 많으셔서 조선인 가정집의 웬만한 고장은 손수 고치셔서 주위를 놀라게 하셨던 아버지…… 아마 일제강점기가 아니었다면 멋진 남편에 훌륭한 아버지가 되었을 것이다.

금년 2019년 3·1운동 100주년이 되는 해이다. 지난 3월 정부에서 아버지의 독립운동이 재조명되어 국가유공자로 선정되었다. 오빠도 돌아가셔서 남은 자식인 내가 대통령 표창을 받게 되었다. 독립유공자증을 받고, 그것을 보면서 모든 일들이 영화의 한 장면처럼 기억의 저편에서 교차된다. 나는 지금 나에게 쏟아진 이 영광을 아버지께 감사를 드린다.

한 마리 학처럼

1쇄 발행일 | 2024년 02월 05일

지은이 | 박순자
펴낸이 | 정화숙
펴낸곳 | 개미

출판등록 | 제313 - 2001 - 61호 1992. 2. 18
주소 | (04175) 서울시 마포구 마포대로 12, B-103호(마포동, 한신빌딩)
전화 | (02)704 - 2546
팩스 | (02)714 - 2365
E-mail | lily12140@hanmail.net

ⓒ 박순자, 2024
ISBN 979 - 11 - 90168 - 73 - 1 03810

값 15,000원